あなたの人生、片づけます

垣谷美雨

双葉文庫

目次

あなたの人生、片づけます

ケース1　清算

下北沢駅の改札を出ると、永沢春花（ながさわはるか）は自宅マンションへ向かって歩いた。

途中、コンビニで五目焼きそばとコーラと草大福とチーズケーキを買った。

つい昨日の決心——昼はバランスの良い食事をして、夜はサラダとヨーグルトだけで済ませよう——はどこへ消えたのか。

コンビニの棚を見た途端に歯止めが利かなくなった自分が情けない。

ひとり暮らしのマンションのドアを開けた途端、酸っぱい臭いが鼻を突いた。

またしてもゴミを出し忘れたのだった。今朝、マンションを出てすぐに、今日は可燃ゴミの日だと気づいたが、引き返す時間も気力もなかった。これで連続二週間も出していない。冬ならまだしも、梅雨どきは臭いが強烈だ。ゴミ袋を二重にしてベランダへ出しておかなければ。

靴脱ぎには、たくさんの靴が重なり、何層にもなっている。パンプスにローファーにスニーカーにサンダル……。通勤用もフォーマル用もカジュアルなのもごちゃ混ぜだ。

真ん中あたりに冬用のロングブーツがべたっと横たわっている。それらを踏みつけながら進み、今日一日履いたパンプスを昨日履いたパンプスの上に脱ぎ捨てた。

短い廊下を歩き、リビングに入って電灯のスイッチを入れる。五階建てのこぢんまりとしたマンションだが、ひとり暮らしには贅沢(ぜいたく)な1LDKで四十平米ある。家賃は高いが、大手生命保険会社の広報部に勤めて十年になるから、給料はそこそこもらっている。

あれ?

春花は思わずリビングのドアのところで立ち止まった。

何かが違う。

今朝、家を出たときと、どこがどう違うのか。春花は部屋の中を素早く見回した。

床には様々な物が散らばっている。

空き箱、レジ袋、毛皮のコート、紙袋、ボールペン、裾(すそ)に泥がついたまま乾いたジーンズ、段ボール、ブラウス、封書、ワンピース、雑誌、クリップ、蒲団(ふとん)乾燥機、ホッチキス、写真、ジャケット、薬箱、ハンガー、裁縫箱、セロテープ、靴下、バスタオル、本、工具箱、値札のついたままの帽子、毛布、駅前でもらったポケットティッシュ、サングラス、髪の毛がついたままのヘアブラシ、ネックレス、CD、スカーフ、黒の礼服、造花、ガムテープ、またしてもホッチキス、化粧ポーチ、バンドエイド、ホットカーラー、ぬいぐるみ、茶色いバッグ、青いバッグ、乾電池、アイロン台、霧吹き、コピー用紙、便箋、ノート、手鏡、カレンダー……。

見慣れた光景だった。あまりに物が多すぎて、何かが失くなったとしてもわからない。

その奥にカウンターで仕切ったキッチンがある。そこもゴミの山と化していて、ちょっとやそっと変化があったとしてもわからない。

不動産屋に案内されて、ここを初めて訪れたとき、なんて清々しい部屋だろうと思ったのが、今では嘘のようだ。南側にはベランダに出られる大きな掃き出し窓があり、西側には角部屋の特権である洒落(しゃれ)た出窓もある。

あっ。

出窓のサッシが数センチ開いていた。

さっきから頬に風が当たるような気がしていたのは、そのせいだったのか。

誰か開けた？

まさか……。

嫌な予感がした。

両親が上京したのは知っていた。地元の元代議士の米寿の祝賀会が品川であったらしい。その帰りにマンションに寄っていいかと母に電話で尋ねられたとき、春花は即座に断わった。こんな部屋を見せるわけにはいかない。

自分の立っている場所から窓までの間は、物が散乱していて辿りつけそうにない。だが目を凝らして見てみると、出窓のところまでケモノ道ができていた。出窓にも本や雑誌が山積みになっているが、そのわずかな隙間からサッシの錠前に手を伸ばしたのだろうか。

そのとき、携帯電話が鳴った。

——もしもし、春ちゃん？　お母さんじゃけど。

「お母さん、もしかして私の部屋に勝手に入った？」

——悪いとは思ったんじゃけど、春ちゃんがどうしとるか心配で心配で。岡山にも帰って来んし、私らが上京しとるのにマンションにも寄らせてくれんし。

「まさか、お父さんも一緒に？」

——そうなんじゃ。もうお父さん、びっくりしてパニック状態なんじゃ。春ちゃんが変な宗教に嵌っとりゃせんじゃろかって。

「どうやって入ったの？」

——大家さんが合鍵を貸してくれたんじゃ。親切でええ人じゃのう。

「オーナーがどこに住んでいるかなんて、どうやって知ったのよ」

——隣の部屋の若い奥さんに聞いたんじゃ。えろう親切な人じゃった。あんたの部屋、とにかく空気が悪いけえ窓を開けといてあげたんじゃ。五階の角部屋じゃけぇ開けっ放しでも防犯上は問題ないじゃろ。

「あのねえ、いくら親子でもやっていいことと悪いことがあるよ。私はもう大人なの」

——お言葉ですけどね、春花さん。

母はいきなり丁寧（ていねい）な言葉遣いになった。抑えていた怒りが爆発する前兆だ。子供の頃から、これが怖かった。公立中学校の教頭を勤め上げただけあって、口が達者で太刀打ちできない。

「お母さん、私お腹ぺこぺこなの。いま会社から帰って来たばかりで夕飯まだなのよ」

——そりゃいけん。

打って変わって優しい声色になった。母は母性本能が強い。娘が腹を空かせていることに耐えられない人だ。

——さっさと食べんさい。栄養つけんといけん。こっちはこっちでお父さんとようよう話し合（お）うてみる。

「話し合うって、何を？」

——じゃから春ちゃんの今後のことじゃ。あんた精神状態がちいとおかしいんじゃないかって思うんじゃ。

「別に変になったわけじゃないよ。忙しいから片づける暇がないだけよ」

——いいや、違う。そもそも買い物しすぎなんじゃ。そういうんは、確か……なんとか症候群いうんじゃ。精神が荒廃しとる証拠じゃって。

「部屋がちょっと散らかってるくらいで、そんなこと決めつけないでよ」

——あれがちょっとと言えるじゃろか。普通の精神状態じゃったら、あそこまで酷い部屋にはならんはずじゃ。

「お母さん、私ね、お腹が空いてるの」

——ああ、そうじゃった。ごめんごめん。そいじゃあ、対処法についてはお父さんと相談してみるけん。

だから、対処法って、なんの？

ここでまた聞き返したりしたら、もっと話が長くなる。そう考えて、言葉を呑み込む。

「じゃあまたね。おやすみなさい」

さっさと電話を切った。

うんざりした気持ちで寝室に入り、ワンピースとジャケットを脱いでハンガーに掛け、それらをカーテンレールにひっかける。隙間なく洋服が掛かっていて、カーテンなんか要らないくらいだ。

それにしても、この部屋を親に見られてしまうとは……。

母はきれい好きだし、父は几帳面な性格だ。断わりもなく部屋に入ったことに対しては腹が立つが、それほど心配してくれていたということでもある。無理もない。ここ一年ほど実家には帰っていないし、せっかく上京してきたというのに親を部屋に招こうともしないのだから。

娘のことが心配であるにもかかわらず、両親がその日のうちに岡山に帰らざるを得なかったのは、二人とも忙しいからだ。母は、兄の娘の保育園の送迎を任されている。兄夫婦は二人とも高校の教師だ。そして父は、銀行を定年退職したあと、近所の公民館を借りて月水金に書道教室を開いている。責任感が強いから、急遽休みにするわけにはいかない。それらの仕事がなければ、両親は東京に居座っただろう。両親ともに忙しい生活をしていることに救われた思いだった。

翌日、通勤電車の中で携帯を開くと、母からメールが届いていた。

――お父さんと話し合った結果、大庭十萬里さんに手助けしてもらうことに決めました。予約でいっぱいかと思ったら、都合よく次の土曜日にキャンセルが出たというので、すぐに予約を入れました。午後三時から二時間です。料金はこちらでもちますから心配しないで。それではまた。

いったい、なんのこと？

大庭十萬里って誰？

予約って、なんの？

大手町駅で降りて本社ビルへ向かう。

自席に着くと、早速、隣席の綾子に尋ねてみた。綾子とは同期入社だが、既に結婚していて子供もいる。夫は大手の広告代理店に勤めるイケメンで娘は二歳だ。

「大庭十萬里ならテレビで見たことあるよ」

綾子の話によると、昨年九月に『あなたの片づけ手伝います』を出版した五十代の女性だという。ブログが出版社の目に留まったのがきっかけだったらしい。

「だけどね、いまいち売れてないみたい。『「捨てる！」技術』だとか、『断捨離』だとか、こんまりの『人生がときめく片づけの魔法』なんかと比べるとぱっとしないもん」

「道理で聞いたことないと思った。それにしても二番煎じもいいとこだね。きっと、今までベストセラーになった本のいいとこ取りでまとめたって感じなんでしょ」

「それがそうでもないらしい。部屋だけじゃなくて人生そのものを整理してくれるとかで、一部の熱狂的ファンもいるよ」

「人生を？　どういう意味？」

「人生相談にも乗ってくれるってことじゃないかな」

「なんだ、そんなことか。余計に怪しい」

「だけど、親が勝手に予約を入れちゃうほど、春花の部屋って汚いの？　もしかして、最近話題の〈汚部屋〉ってやつ？」

「まさか。やめてよ、人聞きの悪い」

春花は素早く周りを見渡した。回りまわって小笠原悟史の耳に入りでもしたら大変だ。

「うちの母が異常にきれい好きなだけよ」

「へえ、じゃあ今度、遊びに行っていい？」

「……うん、今度ね」

自分の机に向き直り、パソコンを立ち上げた。

——今夜、食事でもどう？

資産運用部にいる悟史に社内メールを送った。悟史とはつき合って五年になる。

そのあと、社内報の編集をしながら、何度もメールをチェックしたが、悟史からの返信はなかなか来なかった。

昼休みになり、綾子と一緒に最上階にある社員食堂へ行った。

最近の綾子は弁当持参で、八十円の味噌汁だけを注文する。マンションを購入して以来、住宅ローンを払うために節約モードだ。

全社員が一斉に社員食堂へ来ると混み合うので、部署によって昼休みの時間を少しずつずらしてある。春花のいる広報部は十一時四十五分からで、悟史の資産運用部は十二時十五分からだ。そのため、食堂で顔を合わせることはほとんどなかった。本当は、食事が終わったあともその場に留まり、悟史の顔を見たいのだが、混んでいるので、ゆっくりお茶を飲んでいたら顰蹙を買う雰囲気である。

春花はいつも通り、綾子と並んで座った。向かい合わせに座ると、周りの人に会話が聞こえてしまうので、隣同士の方が気が楽だ。

ふと顔を上げると、前方に悟史の顔が見えた。資産運用部の男性六人で食事をしている。会議が早く終わったのか、それとも午後いちばんで会議が始まるかのいずれかだろう。仕事の都合により、昼食時間を変更することは許されている。

たまたま春花のテーブルの前に観葉植物の鉢が置かれていて、悟史からはちょうど隠れる位置だった。春花は大きな葉の陰から資産運用部の社員たちを眺めた。みんな自信に溢れた顔つきをしている。エリートコースの部署だという先入観があるからか、賢そうに見える。

五年ほど前から社内の服装規定が変わり、外回りの営業職以外は服装が自由になった。特に夏場は、男性陣がネクタイとスーツではなく、ポロシャツ一枚になると、ビル内での省エネにかなり貢献するらしい。悟史たちもカジュアルな服装だが、頭も育ちも良いという、これまた先入観があるからか、上質なものを着ているように見えた。

悟史は、春花と同じ青椒肉絲定食を食べている。昼食に選ぶものまで同じとは、波長が合うようで嬉しくなった。

彼らは昼食時でさえ仕事が頭から離れないのか、真剣な顔つきで話をしながら食べている。やっぱり悟史はかっこいい。仕事に真摯に向き合う姿勢が素敵だ。

そのとき、丼の載ったトレーを持った若い女性が、悟史のテーブルに近づいていくのが見えた。驚いたことに、躊躇なく悟史の隣に座った。悟史は彼女の丼を覗き込んで笑顔になり、短く何かを言った。おいしそうだな、とでも言ったのだろうか。

「あの女の子、誰？」

綾子に尋ねてみた。綾子は情報通でおしゃべりだ。だから、悟史とつき合っていることは内緒にしている。同期の仲間といえども、噂好きの綾子には教えられない。

「どの子？」

弁当を食べながら、スマートフォンに入れた家計簿アプリを睨んでいた綾子は顔を上げた。

「ほら、あそこのピンクの」

「あれは佐野風鈴よ」

「フーリンて、南部風鈴の？」

「そうだよ。最近の若い子って、ほんと変な名前の子が多いよね」

そのとき春花は、風鈴という名前が変だとは思わなかった。なぜなら、彼女のイメージにぴったり合っていたからだ。華奢で小柄で、さらさらの長い髪が、涼やかな風を連想させる。

「部の中で紅一点だから、ちやほやされてるらしいよ」

花柄のチュニックにデニムを合わせている。あのチュニックはたぶん綿百パーセントだ。気負っていない素朴な感じがする。ピンクのカーディガンを羽織っていて見えないが、たぶんワンピースはノースリーブだ。暑いときにはカーディガンを脱ぐのだろうか。そして贅肉(ぜいにく)のついていないきれいな二の腕を男性陣に見せつけるのか。足許はと見ると、素足にサンダルだった。それも、踵がペタンコだ。ただでさえ小柄なのに。

思わず自分の靴を見る。少しでも脚が長く見えるようにと、ヒールの高いパンプスだ。一日中それでは疲れるので、自席ではオジサンが履くようなサンダルだが。

「あの子、総合職なの？」

風鈴がラフな格好をしているのは、深夜残業や徹夜があるからではないか。ということは、ああ見えて意外にも帝都大卒のエリートなのか。

「まさか。派遣のおねえちゃんだよ。まだ二十一歳だってさ」

危険度が増した。帝都大卒のエリート女性なら、きっと悟史なんて相手にしないだろう。過去にも総合職の女性が二人いたが、どちらも入社して二年ほどで会社を辞めた。会社での仕事に生きがいを見いだせないというのが退職の理由で、ひとりはイギリスに留学し、もうひとりは公認会計士として独立した。

「嫌になっちゃうよ。あの子も私たちと同じ未年(ひつじどし)なんだってさ。私たちも歳とったもんだね」

綾子は憎々しげに言いながら、玉子焼きを口に運んだ。

遠目に見てもかわいげのある女の子だった。常に自然な笑顔だし、見るからに素直そうだ。

「真面目な感じの子だね」

風鈴のことをもっと知りたくて、綾子に話を振ってみる。

「健気(けなげ)でかわいいんだってさ」

「それ、誰が言ったの？」

思わず声が大きくなった。

「部長よ」

部長は人の好(よ)さそうな男性で、五十代半ばである。

「部長のお嬢さんも、あれくらいの年齢じゃなかった？」

「あっ、そういうことか」

綾子はあっさり納得したようにうなずくが、春花の気持ちは暗くなっていった。

これといった根拠はないのだが、風鈴という若い女性が悟史の好みのタイプのような気がしてならなかった。風鈴が来るまでは小難しい顔でなにやら議論していたふうだったのに、風鈴が来た途端、悟史は満面の笑みになった。それも、今にもとろけそうな優しい笑顔だ。自分とつき合い始めた頃、いつも自分に向けてくれた表情だった。風鈴はといえば、悟史にばかり話しかけていて、遠目には、まるでいちゃついているようにも見える。

食器を下げるときは、わざと悟史の横を通ってみよう。目が合ったとき、悟史はどんな顔をするだろう。自分に対する執着を確認したかった。

そう思っていたら、資産運用部が先に食堂を出て行った。遅れて来た風鈴も、意外に早食いなのか、一緒に出て行った。


午後からは、OBが書いた原稿を読んだ。「現役時代の思い出」コーナーに載せるものだ。誤字脱字をチェックしているときも、悟史と風鈴が見つめ合って微笑んでいる光景が頭から離れない。

結婚したら会社を辞めるつもりだった。今どき古風だと綾子に笑われそうだが、自分の母がずっと働いていたので、寂しい子供時代を過ごした。ああいう思いは自分の子供にはさせたくない。寿退社を決意してからは仕事に身が入らなくなった。そもそも社内報なんて、あってもなくても会社にとって大差ないのではないかと思う。

「永沢さん、ちょっといい？」

声をかけてきたのは課長だった。バカがつくくらい真面目で、冗談が通じない。

「入社後三年未満で辞めていく若者が増えてるでしょう。永沢さんも知ってると思うけど、うちの会社も例外じゃないんだよ。それについて特集を組みたいんだけど、永沢さんにその構成を任せてもいいかな」

全く興味が湧かなかった。会社を辞めたい奴はさっさと辞めればいい。取材するのも億劫だ。

「次の号ですか？」

「いや、そんなに急がないよ。経営陣からの依頼ってこともあるけど、僕自身もじっくり取り組みたいと思ってるから、深い内容のものにしたいんだ」

「……はい、わかりました。考えてみます」

満足そうにうなずいて去って行く課長の後ろ姿を見つめた。

「どうしたの？　さっきから溜め息ばっかりついちゃって」

隣席の綾子が、今にも噴き出しそうな顔で見つめている。「恋の悩みなら相談に乗るよ」

「お昼、食べすぎちゃったみたいで、お腹が苦しいだけよ」

咄嗟に出まかせを言った。

「そういえば、春花にしては珍しく残さず食べてたよね」

悟史と風鈴の雰囲気が気になって、常に自分に命じている腹六分目という掟がすっぽり頭から抜けていただけだ。

悟史からやっとメールが返信されてきたときには、午後四時を過ぎていた。

——すみません。今夜は無理です。もうすぐ財務省の監査が入るので、その資料作りで今はてんてこ舞いです。では。

すみません？　どうしてそんな丁寧な言葉を使うの？

他人行儀な言葉遣いに、血の気が引いて行く。

もうかれこれ三週間もデートしていない。

毎年この時期は忙しいのはわかっている。だけど、つき合い始めた頃は、短時間でもいいから一緒にいたい、会いたくてたまらないといった感じが、がんがん伝わってきた。多忙な中、彼は無理して時間を作り、短い逢瀬のあと慌ただしく会社に戻って徹夜で仕事をこなしたものだ。

もう遠い昔のことのようだ。

気持ちが冷めてしまったの？

そんなことないよね。だって、あんなに熱心にプロポーズしてくれたんだもの。きっと、以前より更に忙しくなったのに違いない。年齢とともに責任が重くなっているだろうから。なんでもかんでも悪い方へ考える癖を直さなきゃ。

――風鈴ていう子、悟史の部署のアイドルなんだってね。

またメールを送った。多忙な中、ウザイと思われたら嫌だと思いながらも、悟史がどう反応するかを知りたかった。とはいえ、忙しいのだから返事が来ないこともわかっていたが。

ＯＢ原稿に向き直り、続きを読もうとしたとき、画面の隅に、社内メールが届いたことを知らせるポップアップ画面が現われた。悟史からだった。

――風鈴なんて子供だよ。単純だし、まるで高校生。あんなのに本気になってる、いい歳した男どもが信じられない。

ずいぶん返事が早い。

それに、ムキになっている。

短い文章だが、いろんなことが見えてきた。部署内に、本気で風鈴を好きになってしまった男性がいること、それも、〈いい歳〉の男だということ、そして〈男ども〉とあることから複数だということ。

それまでの男所帯が、風鈴の出現によって一気に華やいで浮かれている様子が目に見えるようだった。

その日、春花は会社帰りに駅ナカの書店に立ち寄り、大庭十萬里の『あなたの片づけ手伝います』を買った。敵を知ったうえで対策を練るのが賢明だと思ったからだ。なんとしてでも大庭十萬里という変なおばさんから逃れたかった。

予約した日が休日出勤になったことにしたらどうだろう。母の方からキャンセルの電話を入れてもらうのが順当だ。

やっぱりだめだ。予約の日にちが延びるだけで、十萬里は来る。母は一旦こうだと思ったら、実行しなければ気が済まないたちだ。それに、あの威圧的な母に抗議すれば、両親揃って上京してきて娘の生活のすべての面に干渉するなどという面倒なことになるかもしれない。

春花は電車に乗るとすぐに本を開き、目次を眺めた。

一、自分を見つめよう
二、知らぬ間に忍び寄るマイナス思考
三、本当の敵は誰か
四、片づけられない生活習慣の裏側にあるもの
五、あなたの人生はあなたのもの

中身を読まなくても、目次を見ればだいたい想像がついた。人生相談に乗ってくれる

と綾子が言っていたが、要するに、著者は単なるおせっかいなおばさんではないのか。最も苦手なタイプだ。

最寄りの駅で降りると、スーパーマーケットを目指した。昨日寄ったコンビニには今日は寄らない。店員の目に映る自分の姿――毎日出来合いのものばかりを買っていく寂しい三十女――を思うと、同じ店に二日続けては行きづらい。だから、コンビニA、コンビニB、弁当屋、持ち帰り寿司店、スーパーの総菜コーナー、ベーカリーなどを順繰りにしている。そうすれば、同じ店に行く頻度は週に一回以下になる。

中でもスーパーは気が楽だった。客の数が多いから、目立つ服装でもない限り、顔を覚えられることもない。

スーパーの入り口を入るとすぐに野菜コーナーがある。たまにはサラダくらい作ろうかと思って立ち止まり、レタスを手に取って考える。ほかに何を入れるか。トマトにキュウリにタマネギは薄切りにして……家にドレッシングはあったかな。冷蔵庫にあったと思うが、いつ買ったものだったか。

ふと、キッチンの悲惨な状態が脳裏に浮かんだ。

やっぱりやめた。

総菜コーナーへ向かう。端から端まで眺めた末、京風おこわ弁当に決めた。レジへ向かう途中、アイスクリームもカゴに入れた。

自宅に帰り、ジャージに着替えてからリビングで弁当を広げた。三人掛けソファの手前ひとり分と、コーヒーテーブルの隅っこだけは物を置かないことにしている。

テレビのニュースを見ながら食事をした。この世の中に、テレビというものがなかったら、どんなに寂しいだろうと思う。テレビがあればこそ、今日の悟史のつれない態度も心の中でうやむやにすることができる。もしも家の中がしんとしていたら、彼のことばかり考えてしまいそうだった。

その夜は早めに蒲団に入り、十萬里の本を最後までざっと斜め読みした。

本の内容を要約すると、こういうことだ。

『部屋を片づけられない人間は、心に問題がある』

じゃあ単にずぼらな人はどうなる？　生まれ育った家庭環境によっては、整理整頓の習慣がない人もいるのでは？

どちらにせよ、大庭十萬里という女性、たいしたことはなさそうだ。手強いと思っていたから、少し気が楽になった。

要は、彼女が説教を垂れるのを、はいはいすみませんでしたと素直に聞いていればいいだけのことだ。部屋が散らかる原因は私の邪悪な心でございました、今後は心を入れ替えて、十萬里先生のおっしゃる通りにいたしますとかなんとか言って、早々にお引き取り願えばいい。

本を閉じようとしたとき、巻末に〈片づけられない度〉チェックシートがついているのに気がついた。春花は蒲団から起き上がり、床に散乱している洋服やら鞄やらをスリッパで踏みしめながらボールペンを捜しだすと、蒲団に腹ばいになってチェックシートを広げた。

次の設問に○か×でお答えください。カッコ内に理由やご意見などを御自由にお書きください。

第一問　洋服はきちんと畳む。

×（そんな気力があったら、部屋がこんなに散らかったりしない。会社では人並みに仕事をこなしているつもりだが、家に帰ると途端にだるくなる。どこか悪いのかと人間ドックに行ったこともあるが、どこも異常はなかった）

第二問　床が見えない部屋がある。

もちろん○（寝室もリビングも床はほとんど見えない。それどころか寝室の隅っこには、腰の高さまで服が積み上げてある。理由は……敢えて言うならば、いつも疲れていてだるいから）

第三問　パンにカビが生えることがよくある。

当然○（そんなの私だけじゃないと思う）

第四問　お茶を床にこぼしても拭かない。
大きな声じゃ言えないけど○（もちろん拭こうとは思う。それは嘘じゃない。だけど、ティッシュが見当たらない。だから後でいいやと思う。そうなったら忘れる。でも、糖分の入った飲み物の場合は、さすがにすぐ拭くようにはしている。必ずとは言えないけど）
第五問　新聞が捨てられない。
○（資源回収の日に出し忘れる。忘れていない日でも、重いからめげてしまう）
第六問　昔の年賀状が捨てられない。
変な質問。もちろん○（年賀状を捨てる人は性格がおかしい。思い出は大切にしたい）
第七問　よく物を捜す。
◎（捜すのが面倒になって同じものを買うことが多い。反省）
第八問　衝動買いしたあと、買ったこと自体を忘れてしまうことがある。
○（特に、洋服と文房具。タグがついたままの洋服や、袋に入ったままの文房具を見つけたときは、自分でもぞっとする。だけど、文房具に関して言えば、百円ショップの存在も罪深いと思う。たった百円で済むのなら、捜すより買った方が早い）
第九問　他人を家に呼べない。

○（他人どころか、親も呼べない）
第十問　窓が開けられない。
○（ここ何年も開けたことがなかったが、私の留守中に勝手に両親が開けた）

土曜日になった。

大庭十萬里が来る前に、部屋をきれいにしてしまおうかと、この一週間、何度か考えた。だが、どうあがいても無理だという結論に達した。例えば、友人や知り合いが訪ねてくるというのなら、床に散らばっているものを片っ端からクローゼットにぶち込むことも、やろうと思えばできる。だけど、敵は片づけ屋だ。クローゼットやタンスの中も見るだろうから意味がない。どうやってもごまかせない。あきらめるしかなかった。

チャイムが鳴った。

ドアを開けると、意外にも丸顔の普通のおばさんが立っていた。母のように厳格な雰囲気の女性を想像していたので、肩すかしを食らった思いだ。顔と同じで体つきも丸い。黒の半袖ポロシャツにジーンズを穿き、大きな鞄を肩から提げている。ポロシャツの袖回りがきつそうで、二の腕がむにゅっとはみ出ている。ぷっくりとしたきめ細かい肌は柔らかそうだ。母と同世代だが、母とは正反対のタイプに見えた。母は身体が薄べったくて、見るからに神経質そうだ。それに、他人の家を訪問するのに、ジーンズを穿いてくるなんて母ならありえない。東京のおばさんと田舎のおばさんの違いかもしれないが。

「片づけ屋の大庭十萬里でございます」

彼女の普段の声を知っているわけではなかったが、いかにもよそゆきの声を出してみました、といった感じだった。

「わざわざすみません。今日はよろしくお願いします」

神妙な顔を作ってみせた。

なるべく早く帰ってもらおう。そのためには、片づけの方法を教えられたら、いちいち大げさに驚いて感心してみせる。重要なポイントは、彼女を尊敬の目で見ることだ。そしたら気をよくして、実家の両親にも「娘さんは改心したようだから、もうご心配には及びません」などと連絡が行くはずだ。

「いいマンションですね。築浅のようですし、駅からも近い。家賃はお高いのでしょう」

「ええ、まあ」

十萬里はドアの外に立っていて、なかなか中に入ろうとしない。

「どうぞ、中へ」

「えっと、でも……」

十萬里は靴脱ぎを見下ろした。

「あっ、すみません」

靴が幾重にも折り重なっているから、足を置く場所がなくて戸惑っていたようだ。春花はしゃがみ込み、靴を脇に寄せて、一足分の隙間を作った。

「お邪魔します」

十萬里は一足分の隙間を目がけてピョンと飛んだ。彼女が小柄で脚が短いことを計算に入れていなかった。入り口から一足分の隙間までが遠かったようだ。

「どうぞ」

上がり框（かまち）にスリッパを揃えて勧めると、彼女が息を呑む気配がした。見ると、じっとスリッパを見つめている。

このスリッパ、そんなに汚いだろうか。

確かに埃（ほこり）をかぶっていて、あちこちに醤油（しょうゆ）のシミのようなものがついている。ここ何年も人を家に呼んでないから、使わないうちにカビたのだろう。初っ端から不潔な女だと思われてしまったかもしれない。気が滅入る。

「スリッパは持参しておりますので」

十萬里はそう言うと、大きな黒い鞄から使い捨てスリッパを取り出して履いた。二、三歩行きかけて玄関ドアの方を振り返り、改めて天井まである下駄箱を見上げる。

「この下駄箱の中に収まりきらない分が靴脱ぎに出ているんですか？」

「ええ、まあ」

「靴をたくさんお持ちなんですね」

「はい、靴が好きなもんですから、見るとついつい買っちゃうんです」

「わかります。私も大好きです。おしゃれは足許からと言いますしね」

十萬里がそんなことを言うとは意外だったので、思わず彼女が脱いだばかりの靴を見た。シンプルな黒のウォーキングシューズだったが、見るからに革が柔らかそうで、履き心地がよさそうだ。きっと羊革だろう。母も似たようなのを持っている。

「写真を撮ってもよろしいですか？」

返事をする間もなく、十萬里は鞄から大きなカメラを取り出した。一眼レフのデジタルカメラだ。カメラ好きのバカ真面目課長が持っている物と同じメーカーだった。

「本を出版するときに、指導前、指導後の例として載せたいんです」

あまり気分のいいものではない。

「ご迷惑はおかけしません。もちろん匿名ですし、万が一、誰の家かを特定する要素があれば、ぼかしを入れますからご安心ください。よろしいですか」

すでにカメラをかまえているのだから、断われる雰囲気ではなかった。子供の頃から、嫌なことを嫌だとはっきり言うのが苦手である。

「では、最初にお部屋全体をざっと拝見させていただきたいと思います」

「じゃあ、こちらから」

短い廊下を奥へ進む。

「ここがリビングです。その奥に寝室として使っている六畳ほどの洋室があります」

「窓が多くて素敵なリビングですね」

錯覚かもしれないが、十萬里の目が爛々と輝き出したように見えた。

春花の視線を感じたのか、十萬里が言い訳がましく言う。「こういうお部屋を見ると、片っ端から片づけたい衝動にかられます。血が騒ぐとでも言いましょうか」

言い終わらないうちに、十萬里は慌てて鞄からマスクを取り出して装着した。〈装着〉という言葉がぴったりくるような、使い捨てにしては頑丈そうな代物である。

彼女が上目遣いに睨んでいる視線の先を追う。陽が傾いてきたのか、カーテンの隙間から西陽が斜めに差し込んでいた。その光の筋の中に、無数の埃が舞っている。この時間帯に家にいることが少ないからか、空気中にこんなにも埃が舞っていることを知らなかった。

「このマスク、なかなかの優れ物なんです。口と鼻を隙間なく覆うことができるんですよ。薬局で安売りのときでも三枚九百円もするんです」

あなたも一枚どうですかと勧めてくれるかと思ったが、十萬里は何も言わなかった。こんな汚い部屋に平気で何年も住んでいるような人間に、今さらマスクなんてもったいないと軽んじられた気がした。

ここでも十萬里は、まるでプロのカメラマンのようにシャッターを押し続けた。丸い身体に似合わない機敏な動きだ。

「心配しないでください。本に載せるときは、あらためて写真をお見せします。そのときに、嫌なら嫌と断わってくださって結構ですから」

「……はい」

断われそうにない予感がした。何ごとに関しても、断わるというのは勇気がいる。

「カーテンはいつも閉めっぱなしなんですか？」

「はい。日中は会社に行ってますから」

少し間が空いた。じゃあ土日はどうなのだと尋ねたいのを呑み込んだのだろうか。

「たいへん失礼ですが、ご実家もこういった感じですか？」

「いいえ、違います。母はきれい好きですし、田舎は家が広いので物がたくさんあったとしても、こういった感じにはなりません。部屋ごとに大きな押入れもありますし」

「広い狭いという以前に、ご実家のお母様も異常なほど衝動買いをされるんですか？」

「え？」

異常だと思われているらしい。面と向かって言われるとショックだった。

「母はきちんと計画を立てて買い物をする人ですから、私とは違います」

「そうですか」

十萬里は何ごとかを考えるように、ガラクタの一点をじっと見つめた。そして気を取り直すように、さっと顔を上げると、もう一度部屋の中を見回した。「もしかして、あの下に革張りの立派なソファがあるんじゃありませんか？　ほんの一部しか見えませんが」

自分の座る場所だけは確保しているのだが、今日に限って新聞を広げたままだった。

「コーヒーテーブルもあるんですね。今は物置きみたいになっていますが、木目を生かした素敵な物じゃないですか」

「はい、まあ」

「真ん中に敷かれてるベージュの絨毯(じゅうたん)も、毛足が長くてモノがいいですね。高かったんじゃないですか」

母が出窓を開けに行くときにできたケモノ道から絨毯が顔を覗かせていた。毛がぺたんと寝ているだけでなく、シミだらけで、あちこちに黒っぽい汚れがこびりついている。

「ひとり暮らしの女性がこういった立派な物を揃えるということは……」

十萬里はそこで口を閉じた。そして、床に散乱した物をかきわけて掃き出し窓の方へ歩いて行く。

「ベランダにもゴミ袋がたくさん置いてありますね」

「……はい、すみません」

十萬里は突然、むちむちした二の腕を激しく掻き出した。「虫がいます」

「痒い！」

春花は驚いて飛びのいた。

「春花さんは、ここに住んでいて痒くなりませんか？」

「なりませんけど……」

「たいしたものです。免疫ができてるんです」

なんていやらしい言い方をする人だろう。思わず十萬里を見たが、彼女は皮肉を言ったという感じではなく、心から感心したふうにひとりうなずいていた。「どのお客様の家に行っても、私だけが痒くなるんです。でも、お客様自身は全然痒くないっておっしゃる。人間というのは、環境に順応して生きていけるように作られてるんですね」

「すみません」

他人に痒い思いをさせて恥ずかしくなった。

「次はキッチンを拝見します」

十萬里はそう言って、リビングの奥へ進んだ。首を掻いたと思ったら腕を掻き、そして足を掻きと、忙しなく両手が全身を巡っている。

「おしゃれなキッチンですね。L字型のシステムキッチンなんて私の憧れです。マスクをしてるのに臭いますが」

早く帰りたいのか、かなり早口になってきた。そして鞄からバンダナを取り出すと、マスクの上に重ね合わせ、後頭部で縛った。眼から下がすべて隠れ、まるで銀行強盗のようだ。

「もしかして、これはカウンターキッチンだったんですか？」

「今もそうですけど」

カウンターの上は物が山積みだった。キッチンとリビングを仕切る壁に開いた窓は、完全に塞がっている。

十萬里はいきなりジーンズの裾をめくり、むっちりしたふくらはぎを露わにして激しく掻きだした。そのうえ臭いにも耐えられないのか、もう一方の手でバンダナを上から押さえている。

「ガスレンジの上にこんなに物を置くと危ないですよ」

「大丈夫です。火は使っていませんから」

「お湯を沸かすことくらいはあるんじゃないですか？　カップラーメンくらいは作るでしょう？　熱いお茶が飲みたいことだってあるでしょうし」

「ティファールですぐ沸きますから」

「なるほど。で、それはどこにあるんです？」

「それは……行方不明ですけど」

「でしょうね。それにしても立派な食器棚だこと。食器も高そうな物を揃えていますね」

「陶器が好きなんです」

「このコーヒーカップ、ウェッジウッドじゃないですか」

「何年か前に、ボーナスで思いきって買ったんです」

「でも、食器棚の前にこれだけたくさんのゴミ袋が置かれていたら扉を開けられませんね」

ガラス越しにも、コーヒーカップに埃がうっすら積もっているのが見てとれた。

「このゴミ袋に入っているのはゴミですか?」

十萬里が、床一面に置かれている袋を指差して尋ねる。

「はい、ゴミですが」

そう答えると、十萬里は黙ってそれらを見つめた。

――捨てたらどうですか。

そう言いたいのを我慢しているのだろうか。

誰しも、言われなくてもわかっていることを、わざわざ人に指摘されると嫌な気持ちになる。それを考慮して無言のままでいるということか。だけど、わかっちゃいるけどできない。そういう人間がたくさんいるからこそ、十萬里は儲かっている。それよりも何よりも、さっさと帰ってほしい。心の中が屈辱感でいっぱいになりつつあった。あらためて両親に対する怒りが湧いてくる。

——よくもまあ、こんな部屋を他人に見せる気になるものだ。

十萬里はきっとそう思っている。もちろん商売上、口に出すわけにはいかないだろうが。

——自堕落で金銭感覚ゼロで清潔観念ゼロの女……。

他人に部屋を見せるというのは、自分の内面までさらけ出しているも同然だった。

「大きな冷蔵庫ですね」

開けようかどうしようか逡巡（しゅんじゅん）しているように見えた。もしかして、冷蔵庫の中を見るのが怖いのか。仕事とはいえ、得体の知れない腐った物を見るのは気持ちのいいものではないだろう。十萬里の家の冷蔵庫は完璧に清潔が保たれているだろうから、余計に嫌なのかもしれない。だが、依頼人に料金を払ってもらっている手前、そうもいかない、といったところか。

十萬里は息を吸い込むと、えいやっといった感じで冷蔵庫を開けた。

「あら、真っ暗」

ぎっしり詰め込んでいるからだ。よせばいいのに、きちんとした食生活を送ろうと一念発起することがある。体重が増えたときとか、便秘がひどいときとか、顔に吹き出物ができたときなどだ。そういうときは、野菜をたくさん買ってくる。だけど、結果的に腐らせて異臭を放つことになる。それを性懲りもなく何度も繰り返している。

「やる気のある人の冷蔵庫ですね」

冗談なのか馬鹿にしているのかと表情をうかがってみた。バンダナで顔半分を覆っているから読みとれなかったが、目は笑っていなかった。

「最初から料理を作る気がない人のキッチンはきれいなものです。埃は溜まっていますが汚れてはいません。ガス台の上にヤカンがぽつんとひとつあるだけです。冷蔵庫の中も、飲み物とマーガリンだけで、新品同様といってもいいくらいです。料理は徹底してやるかやらないか、そのどちらかじゃないと庫内をきれいに保てませんし不経済です」

そう言うと、こちらに向き直った。「次に行きましょう」

「向こうが寝室です」

ゴミ袋をかきわけてキッチンを出て、床に散らばる色々な物を踏みながら、寝室に通じるドアを開ける。

「えっと……どこで寝てるんですか?」

ベッドの上は物がいっぱいだ。

「床に蒲団を敷いて寝ています」

「床といっても……」

十萬里が不思議に思うのも無理はない。床にも物がいっぱいで蒲団を敷く場所がない。

「ここです」

春花はベッドと収納ボックスの間の細長い隙間を指差した。そこが万年床になっている。蒲団の両側が壁のように聳え立っているから、蒲団に優しく包み込まれる安心感の中で眠れる。

「クローゼットやタンスの中も見せていただけますか？」

「どうぞどうぞ」

もうどうにでもなれという気分だった。

タンスの抽斗はぎゅうぎゅう詰めで、クローゼットは布の山ができていて、わけのわからない状態だった。皺だらけになるのを逃れている服は、きっと一着もない。

「なるほど。わかりました」

今度は顔が痒くなってきたらしい。バンダナの上から掻くのももどかしそうで、目つきが険しくなってきた。

「水回りも拝見します」

そう言って十萬里は両手でバンダナを押さえた。まるで吐き気がする場面に出くわすのを想像しているかのようだ。かなり恐れている様子であるが、それを見破られないようにするためか、急に胸を張ってみせた。

「ご心配なく。お風呂とトイレだけはきれいにしてますから」

春花はそう言って浴室のガラスドアを開けた。

「あら、ほんと。意外」

失礼なことをはっきり言うものだ。

といっても、自分も偉そうに言えた義理じゃない。風呂はスポーツジムのを利用することが多いし、汚いトイレだけは自分だって耐えられないから普段からきれいにしている。

「シャワーのヘッド部分が取れちゃってますね。単なるホースみたいになってますよ」

「だいぶ前からなんです。修理の人を呼びたいんですけど、部屋が汚すぎて呼べないんです」

そう答えると、十萬里がしれっとした声で言った。「一応、羞恥心てものもあるんですね」

絶句した。

失礼にもほどがある。

「はい、これで終わりです。どの部屋も一応は拝見しましたから」

そう言うと十萬里はリビングへ引き返し、自分の持ってきた鞄を肩から提げた。さっさと帰るつもりらしい。

春花はほっとしていた。しかし、母からのメールによれば、予約は二時間のはずだ。考えてみれば、１ＬＤＫ全部がたった二時間で片づくわけがない。もともと十萬里の仕事のやり方は、部屋をざっと見て、あとで片づけ方法をファックスかメールで送るというものなのだろう。それならそれでこちらも助かるが、その反面、そんな簡単な仕事で儲けるなんて詐欺(さぎ)だと思った。いったい両親は十萬里にいくら払ったのだろう。

「ちょっとでいいから座れると助かるんですけどね」

腰痛持ちなのか、十萬里は腰を手でさすり始め、ガラクタに埋もれているソファの方を恨めしげに見る。

「……すみません」

「この近所に、喫茶店か何かありますか？　そちらで少し、お話ししたいんですが」

「通りの向こうにあります」

「じゃあ、そちらに移動しましょう」

有無を言わせぬ雰囲気だ。どちらにせよ、この部屋から出て行ってくれるのはありがたい。

十萬里は玄関先で靴を履くと、備え付けの姿見で自分の全身をチェックした。

「あら、埃だらけ」

そう言うと、鞄から小型の粘着クリーナーを取り出し、全身を撫でまわすようにローラーを転がしていく。ポロシャツは黒だから、埃が目立った。もしかして、依頼人に見せつけるために、わざと黒い服を着てくるのだろうか。

「すみませんが、背中、お願いできます？」

十萬里がローラーを春花の前に差しだす。

「ええ、もちろん」

背中も尻も脚も埃だらけだった。

玄関を出て外気に触れた途端、十萬里がマスクを外した。背中が大きく上下している。思いきり深呼吸しているらしい。

カフェに向かって並んで歩いた。そよ風が心地いい。

窓際の席に座ると、十萬里は手をしっかりおしぼりで拭いてから、表紙に〈顧客指導〉と書かれたノートを開いた。

「春花さん、もしも明日が人生最後のゴミの日だとしたら、どうします？」

「そんなこと、現実にはありえないでしょう」

「そうとも言いきれません。今やゴミ処分場はどこも満杯です。そういう日が来てもおかしくないと私は思っています」

痒みと悪臭から解放されたからか、十萬里は落ち着いた様子になり、ゆっくりと話す。

「ところで近々、結婚のご予定がおありなんですか」

「どうしてわかったんですか？」

「冷蔵庫は家族向けの大型サイズですし、家具もいいものばかりですから、結婚後のことも考えて買われたんじゃないかと思ったんです」

「実はそうなんです」

「お母様は電話では結婚のことはおっしゃっていませんでしたが」

「まだ両親には言ってないんです。はっきり決まってからの方がいいと思って」

「はっきりと決まっているわけではないんですね」

「いえ、決まってることは決まっています」

そのとき、店員が飲み物を運んできた。錯覚だろうか。店員がテーブルにコーヒーを置く腕の隙間から、十萬里は射るような眼差しでこちらを見た。

店員が去ると、十萬里はコーヒーをひと口飲んだ。「結婚したら、今のマンションに住むんですか？」

「まだわかりません」

「相手の方はマンション住まいですか？」

「はい」

「広さはどれくらいですか?」

そんなこと、あなたになんの関係があるんですか。どうしてそんなプライベートなことまで話さなければならないんですか。十萬里の前では素直にはいはいと返事をするつもりだったが、だんだん嫌になってきた。

「すみませんね。立ち入ったことをお聞きして」

春花がむっとしているのがわかったのか、十萬里は謝った。「ですが、結婚後のお住まいの広さを考慮に入れて片づけをするべきですから」

「ごもっともです。3LDKで確か九〇平米くらいです」

「え? ずいぶん広いんですね」

そう言うと、すっと春花から目を逸らした。「もしかして賃貸じゃなくて分譲ですか?」

「はい、分譲です」

そう答えると、十萬里は無言のままソファに背をもたせかけた。何かを感じ取ったのかもしれない。そして、目を宙に泳がせると、「相手の方、おいくつ?」と尋ねた。迷った末に思いきって聞いたといった感じだった。

「四十一歳です」

「四十代……で、おつき合いして何年ですか?」

「五年です」

「長い……」

そう言ったきり、十萬里は黙った。

春花が少し前かがみになって紅茶のカップを持ち上げたとき、十萬里がこちらをちらりと盗み見している様子が視界の隅に入った。

「わかりました。いま聞いたことをもとに片づけの計画を立ててみます。次回は二週間後になりますが、今日と同じ時間帯でよろしいですか？」

「えっ、今日で終わりじゃないんですか？」

「今日は〈片づけられない度〉を判定するだけだと親御さんにはお伝えしてありますが」

冗談じゃない。一日で終わりだと思っていたから我慢していたのだ。

「判定結果は軽症から重症までの三段階評価ですが、あなたの場合は重症です」

「重症、ですか」

「そんな顔しないでください。私に依頼する方はほとんど重症です。重症の場合は、月に二回の指導が三ヶ月間つづきます」

「三ヶ月も、ですか？」

「それに加え、半年後のチェックがあります。じっくりやっていかないとリバウンドしますからね。今日は宿題を出しておきます。次回までにキッチンとベランダにあるゴミ袋を捨てておいてください。それ以外は、今後二人で検討していきましょう。洋服なんかは無理なさらず、あのままでもいいんですよ」

なんとか断る方法はないものか。

次の指導日が来る前になんとかしなければ。


翌日曜日は吉祥寺にある綾子のマンションへ行った。

綾子は一ヶ月に一度くらいの割合でホームパーティーを開く。参加者は、男女ほぼ同数だ。十五畳あるリビングに、所帯じみた物は何ひとつない。まるでモデルルームみたいだ。

最初に参加したときは料理がおいしくて驚いた。和食だったのも意外だったし、品数も多かった。いつの間に腕を上げたのかと思っていたら、作ったのは綾子の夫だった。

「何か買って行こうと思うんだけど、何がいい?」

家を出る前に綾子に電話した。今日は男女三人ずつで、男性たちは夫の同僚らしい。

いつもは老舗(しにせ)のきんつばを買って行くのだが、たまには綾子の意向を聞いてみようと思った。

——手ぶらでいいよ。

「御馳走してもらってばかりで悪いよ」

男性陣は、ワインや日本酒を土産に持ってくることが多いが、自分は酒に詳しくないから気の利いた酒を選べない。だからいつも和菓子を買って行く。和食に合わせているつもりだ。

——そこまで言ってくれるんなら、ケーキにしてくれる？

「えっ、ケーキ？」

予想外だった。いつものきんつばがいい、あれは本当においしいからなどと答えてくれると思っていた。

「……わかった。じゃあ、適当にみつくろって買っていくよ」

——できればポワゾンのチョコレートケーキがいいんだけど。

「ポワなに？　その店、どこにあるの？」

——髙島屋のデパ地下に入ってる。

「髙島屋ってどこにあるんだっけ」

——やだ、新宿と日本橋よ。

ここから綾子のマンションに行く途中、どちらの駅も通過しない。

「全員、そのケーキでいいの？　ということは全部で六個？」

——悪いけど大きめのホールケーキにしてくれる？　小さいのがちまちまあると雰囲

気が壊れるから。

綾子のマンションの玄関を開けると、二歳の美咲(みさき)が走り出てきた。満面の笑みで春花に抱きつく。

またか……。

正直言ってうんざりした。

「美咲ちゃん、久しぶりねぇ、元気だった？」

笑顔を見せないわけにはいかない。

本当は、まわれ右をして帰りたかった。

今日こそ美咲を実家に預けたのではなかったのか。

いつの間にやら、春花は子供好きということにされてしまっていた。そして、いつも美咲の相手をさせられる。今までホームパーティーに招待されて、美咲がいなかったことは一回しかない。もしかして、実家に預かってもらえないときに、子守として呼んでいるのではないか。そう勘繰りたくもなってくる。

リビングに入ると、全員揃っていた。男性陣は綾子の夫も含めイケメン揃いだった。

育ちも頭も良さそうだ。女性も美人で、綾子の大学時代の同級生だという。

「美咲、自分の部屋に戻りなさい。ディズニーのＤＶＤを静かに見るお約束でしょう」

「それじゃあ、かわいそうでしょう。美咲ちゃんだって楽しみたいよねえ」と男性。

「美咲ったらね、すっかり春花に懐いちゃってるのよ。春花が来たらもう大喜び」

「ねえ、春花おねえたん、おままごとっ」

美咲はそう言って、春花のスカートの裾を引っ張る。

「春花、悪いわね。美咲、ちょっとだけよ。お料理がテーブルに揃うまでの間だけ」

「はーい」

綾子の言葉で、前回と同じように部屋の隅で美咲とおままごとをしなければならなくなった。

「子供好きの女性っていいですね」

「うん、理想だよな」

参加者の男性の決まり文句が聞こえると、本当は子供が苦手だとは言い出しにくくなる。

「子供ってかわいいわね。私は三人は欲しいと思ってるの」

綾子の友人が子供好きをアピールするが、美咲と遊んでやろうとはしない。これも毎度のことだ。

美咲はいつの間にか、春花の名前だけを覚えた。ホームパーティーへの参加は次回こそ断わろうと毎回思うのだが、なかなか断われないで今日に至っている。

そういえばケーキ、どこに置いたっけ。

慌てて振り返ると、いつの間に綾子の手に渡ったのか、大きな冷蔵庫に箱ごとしまおうとしているところが見えた。ありがとうくらい言ってもらいたい。ポワゾンのチョコレートケーキは五千円もしたのだ。

その日は結局、最初から最後まで美咲の相手をさせられた。ご親切にも、綾子が皿に取り分けた料理を、ままごと遊びのところまで運んでくれる。だから、美咲をほったらかしてテーブルへ移動したくても、きっかけがつかめなかった。

綾子を見ていると、やはり自分は結婚したら家庭に入ろうと思う。普段は子供を保育園に預けっぱなしなのだから、土日くらいは子供と遊んでやればいいのに、綾子はそうはしない。頻繁にホームパーティーを開き、子供よりも大人の楽しみを優先させる。その穴埋め役が自分に回ってくる。

なんだか嫌になってきた。

私だって、ワインを傾けながら大人同士の会話を楽しみたい。

子守として便利に使われているだけだ。

今日を最後にしようと、決心をあらたにした。

明日は可燃ゴミの日という夜、春花はベランダのゴミ袋を玄関先に運んだ。

朝になってゴミを出し忘れないように、玄関ドアの真ん前に置いておこう。ゴミ袋をどかさなければ外に出られないという状況にしておけば、出し忘れることはないだろう。

何袋目かで玄関がいっぱいになった。ゴミ袋を二重にしたのに生ゴミの腐った臭いが部屋中に充満している。

——土日は会社、休めたの？　お疲れでしょう。仕事が一段落したら食事に行きましょうね。

悟史にメールを送ったが、返事は来ない。

いつからなのか、不安にかられると甘い物が食べたくなるようになった。コンビニの棚が目に浮かぶ。プリンかシュークリームか抹茶ババロアか……。

こんな遅い時間に甘い物を食べるなんて言語道断だ。ダイエットの敵だ。そうは思うが、一度頭に浮かんだお菓子はなかなか消えてくれない。小さいのを一個くらいなら許されるのではないか。そう思い、財布を持って玄関を出た。

エレベーターを待っていると、中から隣の奥さんが出てきた。

「こんばんは」

互いに挨拶(あいさつ)だけはする。

奥さんといっても、たぶん自分より年下だ。休日に夫と手をつないで歩いているのを、近所のスーパーなどでたまに見かける。いつ見ても仲が良さそうだ。だけど、夜も遅いのに、今日は奥さんひとりだけだ。どこへ行っていたのだろう。全身に素早く目を走らせると、奥さんは健康サンダルを履いていて、手ぶらだった。

春花の視線に気づいたのか、奥さんはにっこりと笑って言った。「ゴミを出してきました」

「えっ?」

春花はエレベーターに乗ろうとしていた片足を思わず引っ込めた。「ゴミ、ですか?」

「はい、明日は燃えるゴミの日ですから」

「前の日に出してもいいんですか?」

ドアが閉まり、エレベーターが行ってしまった。

「前日の夕方五時を過ぎたら出してもいいんですよ。冬場は一時間早くて四時からですけど」

知らなかった。奥さんより長くここに住んでいるというのに。

「一階の掲示板の隅っこに〈お知らせ〉が貼ってありますよ」

「いいこと聞きました。ありがとうございます」

「いいえ、どういたしまして」

白い肌に桃色の頰をした奥さんは、小さくお辞儀をすると部屋に入って行った。二十五歳くらいだろうか。彼女の夫もたぶん同じくらいだと思う。大学の同級生で友だち夫婦といった感じだ。共働きで子供はいない。毎朝、スーツ姿も初々しい夫が先に家を出て、その後二十分ほどしてから奥さんが家を出る。淡い色のジャケットを着ていることが多い。その下はワンピースだったりパンツだったりする。二人とも堅いところに勤めているのだろう。

健全な暮らしの匂いがする。部屋の中はきっと整理整頓されている。自分より若いのにしっかりしている。引っ越してきてまだ三ヶ月なのに、ゴミ出しの規則までちゃんと知っていた。

都会生活は互いに無関心で、隣にどんな人が住んでいるのかも知らないと世間ではよく言われる。確かに若い夫婦の勤め先も出身地も知らないが、生活はなんとなくわかる。地に足がついている、きちんとした生活だ。

ということは、若夫婦もこちらのことをなんとなく知っているということだ。それは、どういった印象だろう。

今頃、奥さんは部屋で、夫に話しているかもしれない。

――今ね、エレベーターの前でお隣の女の人と会ったの。前の日からゴミを出してもいいってこと知らなかったみたい。あの人、生活感ないもんね。

早起きが苦手だった。朝は慌ただしく家を出て、会社近くのカフェでコーヒーを飲む。そこでやっと身体と脳が目覚めるといった毎日である。

春花は部屋に引き返した。コンビニに行くのは中止だ。夜にゴミを出していいのなら、今夜中に捨ててしまおう。

玄関を開けた途端、生ゴミの臭いに包まれた。思わず鼻と口を両手で押さえようとして、やめた。そんなことをしたら、隣の若い奥さんに負けてしまう気がした。

負けるって、いったい何に対して？

言うなれば、今どき流行り（はや）の〈女子力〉というものに対してだ。

春花は両手にひとつずつ、ずっしりと重いゴミ袋を持つと、マンションのゴミ置き場に向かった。三往復して玄関のゴミを捨てたあと、キッチンにあったゴミ袋も捨てに行った。また何往復もして、最後のゴミ袋を持ちあげたとき、想像していた何倍もの清々しさがキッチンに満ちていた。意外な発見をした思いだった。床に隙間ができただけだし、ゴミ袋があった場所には埃まみれのレシートやゴキブリの死骸があったが。

昼休みに社員食堂で日替わり定食を食べていると、綾子が突然、顔を寄せてきた。小声で話さなければならないことがあるらしい。それはたいがい社内の噂話だ。

「風鈴の噂、知ってる？」

綾子は声を落として尋ねた。

春花が頭を左右に小さく振ると、綾子は得意げな顔になった。「資産運用部の課長とつき合ってるって噂だよ」

「えっ、課長って誰？」

まさか、悟史のことじゃないよね。

「小笠原悟史っていう課長よ。風鈴ったらね、課長の家まで押し掛けたらしいよ」

血の気が引いて行く。

「どうして？」

声が裏返ってしまった。

「小笠原課長の奥さんに、離婚してくださいって言いに行ったんだって」

「綾子はそれを誰から聞いたの？」

今までも、綾子の話にガセネタは多かった。嘘であってほしい。しかし、話の内容が具体的なことからして、全くのでっち上げとも思えなかった。ここのところ悟史が冷たかったのは、風鈴とつき合っていたからなのか。そして、風鈴が自宅に押し掛けたのが本当だとしたら、悟史は彼女にも自分と同じことを言ったのだ。

――もうすぐ離婚する予定だから、結婚してほしい。

「私は井上(いのうえ)から聞いたの」

井上というのは、春花たちと同期の男性で、入社後すぐに資産運用部に配属されたエリートだ。

「井上くんが噂話なんかするかなあ」

どこから見ても堅物だった。学生時代は脇目も振らず勉学に励み、社会人になってからは仕事一筋で、色恋沙汰とは縁のない世界で生きているような男性だ。

「廊下で井上に呼びとめられたとき、私だってびっくりしたよ。なんの用かと思ったら、いきなり風鈴と課長の関係について語りだすんだもん」

「どこの廊下？」

「広報部の前の廊下よ」

「井上くんが広報部になんの用があるの？」

「偶然通りかかったって言ってたけど」

資産運用部は東棟の十八階にあり、広報部は西棟の五階なのだ。そんな苦しい言い訳をしてまで井上は噂を広めたかったのか。

「偶然のわけないじゃない。わざわざ綾子に言いにきたのよ」

「変なやつ。やっぱ紙一重だよね、井上って」

井上は風鈴に惚れていたのだろうか。悟史に取られて悔しくてたまらなかったのか。いつも無口で何を考えているのかさっぱりわからない井上だが、綾子の耳に入れさえすれば、すぐさま社内に噂が広がると思ったのかもしれない。意外と人を見る目はあるらしい。

「でも綾子、井上くんの言うことなんて信用できる？」

井上は、たぶん思いこみが激しい性格だ。

いつの間にか、春花の中ではあるストーリーができあがっていた。

——井上は会社帰りに風鈴とカフェに寄った。それだけのことで、彼女が恋人になってくれたと勘違いして有頂天になる。だが、翌日会社へ行くと、悟史と風鈴がいちゃいちゃしていた。その光景を見た途端、恋愛に不慣れな彼は逆上した。

おおよそ、そんなところだ。

「私だって井上の言うことなんて信用してないよ。だから、営業部の岸さんにロッカールームで会ったときに確かめてみたの」

「岸さんて誰？」

綾子は顔が広い。勤続年数も部署も自分と同じなのに、社内での知り合いの数には雲泥の差がある。

「営業部にいる大先輩の女性よ。体格の良さと押しの強さで有名な名物ねえさんよ」

「ああ、あの人」

話したことはないが、面倒見が良さそうで、高校の野球部の寮母みたいな感じのする女性だ。

「岸さんが言うには、その噂どうやら本当みたいよ」

「本当かなあ。だって、その岸さんて人がどうして、そんなことまで知ってるの？　女性の大先輩っていう立場からして、いちばん噂が耳に入りにくいんじゃない？」

「岸さんはね、小笠原課長の奥さんと同期だったのよ。課長の奥さんは受付嬢で、就職して一年もしないうちに寿退社したけど、今も岸さんと友だちづきあいが続いてるの。奥さんに直接聞いたんだって」

春花は、社員食堂の、薄くて味のない緑茶をひと口飲んだ。

噂はやっぱり本当らしい。

悟史の浮気はこれで何度目だろう。

「岸さんによるとね、あの課長、昔からモテるらしいよ。男性社員の憧れの的だった受付嬢をあっという間に奥さんにしたと思ったら、その後も女子社員と次々に噂になってるらしい」

「次々にって、例えば？」

「流通部の女性とか、経理部の女性とか」

「ああ、知ってる」

「えっ？　春花も案外、噂を知ってるんだね」

流通部の女性は二年前のことで、経理部の女性は去年のことだ。どちらも悟史を問い詰めて知った。

「課長は穏便に関係を終わらせるのがうまいらしいよ。でも今回は井上が許さなかったんだね」

「それだけ噂になれば、タダじゃ済まないんじゃないの？」

「課長にはお咎めなしだけど、派遣社員の風鈴が馘になったんだって」

「ずいぶん決着が早いね」

「課長は上司からの信頼が厚いらしいよ。次期部長、間違いなしだって。だから彼には傷をつけたくないんでしょ。立ち回りのうまい人は、やっぱり出世するんだね」

社内には、常に噂が飛びかっている。それなのに、なぜか自分と悟史だけは噂にならない。

自分が取るに足らない女性だと言われている気がした。

お前はスターではなく、観客席の人間なのだと。

二週間後、約束の時間ぴったりに十萬里が現われた。

「あらま、きれいになったこと」

顧客を大げさに褒めるのは商売上の戦略なのだろうか。褒められるほどきれいにはなっていない。

「生ゴミの臭いがなくなりましたね」

褒められても嬉しそうな顔をしない春花の表情をうかがってか、十萬里は目の前で気持ち良さそうに深呼吸してみせた。丸ぽちゃのおばさんが両手を広げて目を瞑り、小さな鼻の穴を膨らませて空気を吸い込む姿が、クマのぬいぐるみを連想させ、春花は思わず笑った。

その悪気のない横顔を見ていると、なんだか素直な気持ちになってしまう。

「早速ですが、玄関から順に片づけていきましょう」

十萬里はそう言って、マスクを取り出して装着し、軍手をはめた。

「では失礼して、下駄箱を開けさせていただきます」

ぎっしり詰まっている。どうしてこんなに靴を買ってしまったのか、自分でもわからない。学生時代などは、全部で五足も持っていなかったのに。

「これはすごいですね」

片づけ屋のくせに、途方に暮れたような表情をした。「どうしたらいいんでしょう。春花さんはどう思います？」

なんと、十萬里は春花に尋ねてきた。

「最初に靴脱ぎに散らばっているものから、やっつけたらどうでしょう」

仕方なく答える。

「そうですね、頑張りましょう」

自分を鼓舞するように十萬里は言った。「では一足ずつ確認していきます。例えば、この靴は今後も履きますか？」

十萬里は手近にあった靴を一足持ちあげた。ローヒールの赤いパンプスだった。買ってはみたが、どんな服にも合わなかった。かわいらしすぎた。そんなものをなぜ買ったかというと、風鈴が似たようなのを履いていたからだ。

「もう履きません」

というより、一度も履いていない。

「そうですか、では捨てましょう」

十萬里はゴミ袋に投げ込んだ。安くはなかったのに、意外にも未練を感じなかった。それどころか、惨めな気持ちの一部が消えてなくなった気がした。

「このチェックのスニーカーはどうですか？　もしかして学生時代のですか？　そうじゃないですね。新品だもの」

「それも要りません」

それも風鈴の真似ですから。

「これ、素敵な色ですね。ブルー系のパンプスってなかなか売ってないですよね。いい革、使ってる」

十萬里は玄関にしゃがみ込み、パンプスを吟味している。「でもあんまり履いてないですね」

それに似たのを女優の村井マリアが履いていたから買った。悟史がマリアのことを色っぽいと褒めるので、自分もマリアのようになりたいと思った。

「足に合わなかったんです。買うときにお店の中を歩いて一周して確かめたはずなのに、歩くたびに脱げそうになるんです」

「自分の足に合わないものは、迷わず捨てた方がいいです。置いておいても、この先ずっと履かないでしょう」

「でも……」

「高かったんですね」

「はい、かなり」

「そう暗くならないでください。買い物って難しいんです。この靴だって、ちゃんとお店の中を歩いてみたんでしょう。衝動買いじゃなくて、ちゃんと考えて買ってもこうなることがあります。特に女性の靴はヒールがあるし、つま先の幅も関係してきます。だから長時間履いてみてやっと合わないとわかることが多いんです。最もまずいのは、見るたびに、『ああ、無駄遣いしてしまった』と後悔して落ち込むことです。見るとつらくなるものは、処分した方が精神的にもいいんです」

「なるほど」

春花が納得すると、十萬里は深くうなずいた。「靴はもういいですね。あとはご自分で判断できると思います。次はキッチンです」

キッチンに行くと、十萬里は最初に食器棚を開けた。

「ゴミ袋を捨てたから扉が開くようになったんですね。それだけでも大きな進歩です」

またしても大げさに褒めてくれる。

「これ、素敵ですね」

十萬里は赤い花瓶を手に取った。イタリア旅行で買ったものだ。花瓶全体がまるでルビーでできているかのようなベネチアングラスの美しさにひと目惚れした。帰国したら悟史を家に呼んで、この花瓶いっぱいに花を飾ろうと決め、実際にそうしたこともある。まるでずっと昔のことのようだ。以前は、頻繁に悟史をこの部屋に招き入れた。あの当時は、引っ越したばかりで、まだ物も少なかった。

——彼氏を部屋に招くのはやめましょう。結局は所帯じみた面を見せることになり、彼はだんだんあなたに飽きてきます。そして、あなたと結婚したいという彼の気持ちは次第にしぼんでいくでしょう。

女性誌の特集記事に、そう書いてあった。それが悟史を部屋に呼ばなくなったきっかけだ。体験談もたくさん載っていて真実味があった。結婚話がなかなか具体的にならず、不安になっていたときだった。

「いつもなら、『普段使ってない物はこの際捨ててしまいましょう』って指導するんですけどね」

十萬里は言葉を区切り、考え込むように腕組みをした。

よくそれで商売が成り立っているものだ。春花の不審な思いが伝わったのか、十萬里は急いで付け加えた。「だってあなたは、この食器を結婚後のために揃えたわけでしょう。結婚して実際に使う生活になってみないと、今の時点ではなんとも言えません。確かに多すぎるとは思いますが、もうすぐ結婚なさるとしたら……うーん、どうしたものかしら。彼はどれくらい食器を持ってるの？」

「……普通だと思いますけど」

「思う？　というと、彼の部屋に行ったことがないんですか？」

「ええ、まあ」

「へえ」

そう言ったきり、十萬里は自分の手をじっと見た。なぜ行ったことがないのかと尋ねないのが不気味だった。

次の瞬間、気を取り直したように、すっと顔を上げ、食器棚の奥を物色し始めた。

「これも一度も使ってませんね」

ステーキ用の皿を取り出した。鉄でできた小判形の皿に木製の受け皿がついている。

悟史がステーキが好きだというので買ったのは、いつのことだったろう。

「この蕎麦猪口(ちょこ)、古伊万里じゃないですか。すごく高かったでしょう」

ひとつ八千円もした。それを五客揃えた。悟史が蕎麦の味は蕎麦猪口の雰囲気で決まると言ったからだ。

「ウェッジウッドはやっぱりいいですね。このエメラルドグリーンはずっと見ていても飽きないです」

十萬里がコーヒーカップを眺めている。

その高級なカップが悟史の家にあると教えてくれたのは、妊娠を機に会社を辞めた同期の女性だった。彼女の夫が悟史の大学の後輩に当たり、家に招かれたことがあるらしい。それを聞いて矢も盾もたまらず、どうしても同じものが欲しくなった。そして聞いたその日に会社帰りにデパートに寄って買った。何をあんなに焦っていたんだろう。

「私も、こういったきれいな物が大好きで、次々に買った時期があったんです。すぐに食器棚がいっぱいになりました」

「今もお持ちなんですか?」

「寄付しました。友人が〈世界から飢餓をなくす会〉というNPO法人をやっていまして、そこのフリーマーケットで、断トツに高額で売れたと感謝されました」

「そうですか」

この食器棚の中には、悟史を思い出させるものがいっぱいだ。それらが全部なくなったら、どんなにすっきりするだろう。

えっ?

春花は自分の気持ちの変化に驚いていた。

自分はもう悟史を忘れたいと思っているのだろうか。昔から優柔不断な性格だから、自分の気持ちを見定めるのに時間がかかる。

「何も急ぐ必要はないんですよ。気が済むまでじっくり考えればいいんですから」

十萬里は、まるで春花の心の中を見透かしたように言った。そして、鞄の中から高価な一眼レフカメラを取り出し、食器棚やキッチンの写真を撮り続けた。

社員食堂の日替わり定食は、カジキマグロのソテーだった。

「土曜日のホームパーティー、春花も来れるよね?」

綾子が尋ねた。

「ごめん、その日は用があるんだ」

前々から用意しておいた台詞(せりふ)を言った。もう子守役はうんざりだった。

「用って何?」

そこまで聞くか、普通。

「田舎から母が出てくるの」

「お母さん、一泊で帰っちゃうの？」

どうしてそんなことを聞くのだろう。

「……一泊ってこともないと思うけど」

「じゃあ、土曜の夜の二、三時間くらい、いいじゃない」

そういうことか。しつこい。

「綾子、悪いけど、その日はね」

言いかけると、綾子は顔を近づけてきて声を落とした。

「実はね、風鈴を呼んだのよ」

「どうして？　あの子と知り合いだったの？」

「知り合いの、そのまた知り合いを通じて紹介してもらったばかり。課長との真相を知りたいと思ってさ」

「綾子も暇人だね」

「暇なわけないじゃない。子持ちで共働きだよ。言うなれば物好きってとこね」

自分の言葉がおかしかったみたいで、綾子はひとしきり笑う。「そんな呆れたような顔しないでよ。イケメンエリートも来るから、春花もおしゃれして来てちょうだいよ」

下世話な興味と風鈴に対する嫉妬と悟史への未練で、心の整理がつかない。黙ってしまったのを承諾と受け取ったのか、綾子は「じゃあ、五時ね」と言い、ふりかけのかかったご飯を口に運んだ。


土曜日、綾子のマンションに着き、玄関のチャイムを鳴らした。

「開いてるわよ」と綾子の声。

玄関を入ると、静かな音楽が流れていた。実家に預けたのか、美咲はいないようだ。ほっと胸を撫で下ろす。

リビングに入ると、二人の男性がいた。綾子の言っていたイケメンエリートというやつだろう。前髪を斜めに流してさえいたら、最近はどんな顔でもイケメンというらしい。

「初めまして」

「今日はよろしくお願いします」

男性は二人とも落ち着いていて礼儀正しい。

綾子はキッチンに戻り、夫と一緒に料理の仕上げをしている。

男性たちと天候の話などをしていると、チャイムが鳴った。綾子が玄関まで出迎え、三十歳前後の女性が入ってきた。

「私の大学時代の友だちよ」

男性二人が、品定めするように、瞬時に上から下まで盗み見たのを春花は見逃さなかった。彼らは急いで愛想笑いを顔に載せ、がっかりした表情を隠した。

もしかして、自分が部屋に入ってきたときも、そうだったのだろうか。嫌な気がした。

しばらく雑談していると、チャイムが鳴り、「遅くなりました」といって風鈴が入ってきた。走ってきたのか、頬を上気させている。ピンクのコットンセーターに白いキュロットから伸びた素足が、いつにも増して初々しい感じがした。

「こんにちは」

「こっち、空いてますよ」

口ぐちに言った男性陣の顔つきが、それまでとは打って変わって楽しげなものになっている。そわそわしていると言ってもいい。落ち着いた雰囲気の男性だと思っていたのは、先に到着した、自分を含めた女性二人が期待外れだったからなのか。

次の瞬間、背後で大きな音がしたので、みんな一斉に振り返った。奥のドアが開いて、パンダのぬいぐるみを抱きかかえた美咲がパジャマ姿で出てきたところだった。寝ぼけ眼をこすっている。

「やだ、美咲ったら起きちゃったの?」

キッチンから綾子が走り出てきた。

「ママー」

美咲が綾子の脚に抱きつく。

「ママはね、お客様の相手で忙しいのよ。ほら、春花お姉さんに遊んでもらいなさい」

美咲は初めて春花がいることに気づいたらしく、嬉しそうに笑った。

「春花はとっても子供好きなの」

「それはいいなあ」

「結婚するなら、子供好きの優しい女性に限るよね」

男性陣が口を揃えるのは毎度のことだ。

「でしょう？　お嫁さんにするなら春花みたいに、子供に優しい女性がいいわよね」

いつものように、春花が美咲と遊んでやらねばならない雰囲気ができあがる。毎度のことながら巧妙さに感心する。

来るんじゃなかった。

せっかくの休みなのに、どうして他人の子供のお守をしなきゃならないのだ。こんなことなら少しでも部屋の片づけをすればよかった。明日は十萬里が来る日なのだ。

「私も子供は大好きなんですよ。保育士になりたかったくらいですから」

綾子の大学時代の友人が言う。

「そうなんですか、それはいいですね」

男性のひとりが感情の籠らない声で応える。

「私は子供って苦手。どうやって相手したらいいか全然わかんない」

風鈴がそう言うと、男性二人は愉快そうに声を出して笑った。

「それは、君自身がまだ子供だからじゃないの？」

「確かにそれは言えるよな」

二人とも、風鈴に対してだけは、ぞんざいな言葉遣いだ。二人揃って、かわいくてたまらない小動物を見るような目で風鈴を見る。

「風鈴ちゃんは、春花のこと知ってる？」

綾子が尋ねる。

「そう言われれば、社員食堂で何度かお見かけしたことがあるかも……」

それだけ？

悟史から私のことは何も聞かされてないの？

彼は私に何度もプロポーズしたのよ。妻と別れるから、もう少し待っててくれって。風鈴、あなたもそう言われたんでしょう？

「さあ、できたよ」

綾子の夫が、キッチンから料理を運んできた。

「お手伝いします」

風鈴が立ち上がると、他の三人も一斉に立ち上がった。春花も手伝おうとしたら、「春花おねえたん、あっちで遊ぼ」と美咲がワンピースの裾を強く引っ張る。性懲りもなく、風鈴に負けじと買ったばかりの、繊細なレースでできた高価なワンピースだった。ほつれたら大変だと思い、美咲に引っ張られるままに部屋の隅に移動する。そこには既に、ハローキティのピクニックシートが敷いてあった。

「じゃあ、乾杯しましょう」

テーブルの方で声が聞こえた。春花が慌てて立ち上がろうとすると、すかさず綾子がビールの入ったグラスをピクニックシートのところまで持ってきた。

「どうも、ご親切に」

「気にしないで。料理も運んであげるから」

皮肉が通じないふりをしているのか、それとも本当に通じていないのか。

「さっ、風鈴ちゃん、遠慮しないでどんどん飲んでね。憂さを晴らしましょう」

綾子が風鈴にビールを注いでいるのが見える。

「憂さを晴らすって？　何かあったんですか？」

男性が尋ねる。

「この子かわいそうに、妻子ある男性に騙されたのよ。その男性っていうのが、うちの会社の課長で、出世コースばりばりの人なの」

テーブルでの話題に春花は耳を澄ませた。

「それは酷いなあ。結婚してることを隠してるなんて、同じ男として許せないな」

「私は彼が既婚者だって知ってました。だけど、奥さんと離婚するって言うから」

「それはさらに罪深い」

「厳しいこと言うようだけど、普通ならその時点で騙されてるんじゃないかって疑わない？」

綾子の友人女性が口を挟んだ。

「そんな……」

風鈴の声が消え入りそうになる。

「だって、お決まりのパターンでしょう。小説やドラマで聞き飽きたストーリーよね」

「そういう言い方、かわいそうじゃないかな」

「女性は女性に厳しいって聞くけど本当だね」

男性からすると、三十路の女性が、若い女の子をいじめているように見えるらしい。

「つき合い始めたきっかけはなんだったの？　向こうから声をかけてきたの？」

綾子が尋ねた。春花も是非、知りたかったことだ。

「派遣された初日に、部で歓迎会をしてもらったんです。それで二次会のとき……」

聞き逃すまいと集中していると、「春花おねえたん、ちゃんとやってくだちゃい」と美咲が耳もとで甲高い声を出した。春花は美咲を無視し、グラスを持って立ち上がった。

そしてテーブルまで行くと、風鈴の隣に座った。

「そっち行っちゃあ、やあだぁ、春花おねえたあん」

美咲が泣き叫ぶ。

「悪いけど、子供の相手、代わってくれない？」

綾子の友人女性に言うと、彼女は険しい顔つきで春花と美咲を交互に睨んだ。

「保育園の先生になりたかったくらい子供好きなんですよね？」

「美咲、泣かないの。今度は育子お姉さんが遊んでくれるって」

綾子が平然と言うと、のっそりと女性は立ち上がり、美咲の方へ歩いていった。

「それでどうなったの？　終電がなくなるまで二人で飲んで、それから？　プロポーズされたっていうのは本当なの？」

綾子が矢継ぎ早に質問する。

「私、嘘ついたりしてません」

「もちろん疑ってなんかいないわよ。みんな風鈴ちゃんに同情してるわ。ほんと、大変だったわね。若いのに苦労するわ」

自分の場合は、社内のソフトボール大会のあとの飲み会だった。

「彼が言ったんです。君ほどかわいい子に会ったのは初めてだって」

風鈴は涙をぽろぽろとこぼし始めた。

春花は、そのとき初めて悟史に対して憎しみを覚えた。だが、そうはいっても五年もつき合ってきたから情がある。風鈴と別れたのなら、今度こそ自分のところに戻ってきてくれるのではないか。

自分でも嫌になるが、またしても優柔不断の虫が蠢き始めた。

十萬里はクローゼットを開け、山になった洋服を見て言った。

「いっそのこと、全部捨ててしまったらいかがでしょうか」

「は？」

「だって面倒でしょう。これは要らない、これは要るとはっきりわかるんならいいですが、たいがいの場合は、まだ新しいからもったいないとか、来年は着るかもしれないとか、いろいろと悩むものです」

「あのう、それを指導するのが片づけ屋さんじゃないんですか」

「案外、厳しいこと言うんですね」

十萬里は不機嫌な顔になった。

「ごめんなさい、別にそういう意味では……」

どうして私が謝るのだ。

いったいどっちが客なのだ。

「私みたいに五十歳を過ぎたおばさんだって、シーズンごとに洋服は買うんです。春になったら春物が欲しくなりますし、夏になったら夏物が欲しくなります。何十年も生きてきたから、春物も夏物もたくさん持っていますが、それでも必ず買います。ほとんどの女性がそうではないでしょうか。ということは、ですね、全部捨ててしまってもかまわないということです。特に春花さんは高給取りでしょう」

「はあ……」

「この際、何もかも捨てて、いちから買い直せばいいんじゃないですか？　本当に必要なものは何なのかをじっくり考えて少しずつ買い足していけばいいんです」

「本当に全部捨てるんですか？」

「その方がいいと思います。いちから出直すんです」

澄ました顔で言う。

いちから出直す？　まさかと思うが、それは比喩なのだろうか。

何もかも捨ててというのは、人間関係も含めて言っているのか。

「だって、この皺くちゃのを片っ端からクリーニングに出すんですか？　それとも自分でアイロンかけますか？　もちろん洗濯機で洗ってベランダに干しておくだけできれいになるポリエステル百パーセントのもあるんでしょうけど、ですが……」

――ただでさえズボラなお前が、それをやれると思うのか？

十萬里は、呑み込んだ言葉が簡単にばれてしまう人だ。

「あら、このスカート、ウエスト五十八センチって書いてある」

十萬里がベージュのタイトスカートを山の中から拾い出した。「私も五十八センチの時代があったんです。信じられないでしょうけど」

そう言って、両手でスカートのウエスト部分を目の高さまで上げ、まるで珍しいものを見るかのように目を見開いてみせた。

会社に入ってすぐの頃に買ったスカートだった。今はもう穿けない。体重は当時と変わらないのに、ウエストは明らかに変わった。

「このスカートが、山になっている洋服の上の方にあったってことは、最近も穿いたということですか？　春花さんてウエスト細いんですね」

「いえ、穿いてません。カーテンレールにかかっている物しか最近は着てないですから」

久しぶりにベージュのタイトスカートを穿いてみようと思ったのは、風鈴のウエストが折れそうなほど細かったからだ。負けたくなかった。だが、ファスナーが途中から上がらず、惨めな気持ちになった。

「それもそうですね、こんなに皺くちゃでは外に穿いていけませんしね。では春花さん、ちょっと目を閉じてみてください。私も閉じますから」

言われるままに春花は目を瞑った。

「想像してみてください。クローゼットの中には何もありません。ベッドの上や床に散らばっていた洋服もありません。そしてリビングです。ここにもたくさんの洋服が床やソファの上に置かれていました。どの服も皺だらけで、埃だらけだったけれど、今はもう全部ありません。フローリングの床が隅から隅まで見渡せます」

引っ越してきて間もない頃の光景が脳裏に浮かんだ。床に何も置いていなかったから、掃除機をかけるだけできれいになった。出窓にもテーブルの上にも何もなかったから、さっと拭けばよかった。五分か十分で掃除は済んだ。

「次はキッチンです。まだ目を閉じたままですよ。さあ、食器棚を開けてください。たくさんの食器があります。見ただけで悲しくなる食器はありませんか？　食器だけじゃなくて洋服も靴も同じです。この際、惨めな気持ちになるものは捨ててしまいましょう」

たくさんの物が頭に浮かんだ。食器の半分以上が悲しみの源だ。靴も洋服も、悔しくてつらい思い出ばかりだ。悟史と会うときに着ていったワンピースも、もう見たくない。デートは楽しかったはずなのに、今では勝負服という言葉さえ恥ずかしい。

「はい、おしまいです」

目を開けると、山になった洋服が目に飛び込んできた。

頭の中の映像と現実とのあまりの落差に言葉を失う。汚い部屋だ。

風鈴と悟史の仲を疑い出したその週末、ワンピースを二着も買った。美容院にも行った。風鈴に負けたくなかった。しかし、どんな服を着ても、どんな髪型をしても、ああいったふわふわした女の子にはなれなかった。

「今日の指導はこの辺で終わります」

十萬里はそう言い、帰り支度をしている。来てからまだ十分も経っていない。

「春花さん、カフェでお茶でも飲みながらお話ししましょう」

ああ、そういうことか。

まだ痒いらしい。十萬里は首の後ろを掻いていた。


朝から雨が激しく降っているからか、カフェはがら空きだった。

奥まった席に向かい合って座る。

「春花さん、今日はなんだか元気がないようにお見受けしますけど」

「そうですか。それは……たぶん、だんだん暑くなってきたからだと思いますよ」

そう誤魔化しながら、春花は自分の置かれた状況を話してみたくなった。今まで誰にも相談したことはなかったが、人の意見を聞いてみたい。

「実は、私の同僚が上司とつき合っていまして、結婚の約束もしているらしいんですが、若い派遣社員と浮気したらしいんです」

「まあ」

十萬里は眉根を寄せて、いきなり膝を乗り出してきた。片づけとは関係のない話題なのに、興味津々といった表情になったところからすると、所詮、普通のおばさんなのかもしれない。「その話、是非、聞かせてください。私もだてに歳を取っているわけじゃありませんから、何かお役に立てるかもしれません」

「浮気は今回が初めてじゃないらしくて、以前にも社内の女性とそういうことがあったらしいんです。それで、今後どうすべきか相談されたんですが、私もどうアドバイスしたらいいのかわからなくて……」

「あなたの同僚は何歳なんですか？」

「私と同じ三十二歳です。上司は既婚者です」

「は？」

「そのうち妻と離婚するから結婚しようって言われているみたいなんです」

「あなたのお友だちと彼との関係が、そもそも浮気じゃありませんか」

「それは違うと思います。だって彼は本気ですから」

「本気、ですか。で、お子さんはいるんですか？」

「中学生の男の子と小学生の女の子がいます」

「彼はどんな家に住んでるの？」

「分譲マンションです」

「じゃあ、きっと住宅ローンがありますね。それで、今の状況は？」

「奥さんがなかなか離婚に同意しないので、もう少し待ってくれと言われているらしいです」

「なんという、ありきたりのパターンでしょう。そんな手垢のついた話なんか、今どき映画にも小説にもなりませんよ。春花さんもそう思うでしょう」

「え？　ええ、まあ。でもそれは他人から見た場合だと思いますけど」

「と言いますと？」

「彼の真剣な気持ちは、彼女にしかわからないんじゃないでしょうか」

そう言うと、十萬里は呆れたように薄く笑った。

「彼女は何年くらい待ってるんですか？」

「確か、五年とか」

「つまり二十七歳のときからずっとつき合ってるわけですね。今までのお話を整理させてもらうと、子供が二人いて、妻が離婚に同意しなくて五年間も待っている。その間、彼氏は若い女の子にもちょっかいを出している、ということで間違いないですか？」

「はい、まあ」

「どう考えたって騙されています。ああ嫌だ。虫酸が走る」

そう言うと、グラスの水を飲み干した。「急に甘い物が食べたくなってきました。腹が立つといつもこうなるんです。追加でケーキ頼みますけど、春花さんはどうなさいますか？」

「私は結構です。ダイエット中ですから」

「全然太ってないですよ」

「いえ、この辺が最近ちょっと」

そう言って腹の辺りをつまんでみせた。

「そんなの太っているうちに入りませんよ」

ぽっちゃりしたおばさんに言われても嬉しくない。そもそも〈太っていない〉の基準が違う。

十萬里はメニューを熱心に見だした。

横から覗きこんでみると、どれもこれもおいしそうだった。

「やっぱり私も食べます。この濃厚チーズケーキにします」

「そうこなくっちゃ。でも、濃厚ってどれ？　あら、そんなのもあったんですね。私はイチゴショートで」

春花は店員を呼んだ。

「お決まりですか」

女性店員がやってきた。

「私は濃厚チーズケーキで」

「私もそれにしようかしら、でも、やっぱり……うん、イチゴショート。生クリームが舌の上でとろけるところを想像したら、もう我慢できません」

「かしこまりました」

店員は噴き出しそうになるのを、やっと堪えたといった表情で戻って行った。

「その上司の男性、どう考えたって奥さんと別れるつもりなんてこれっぽちもないですよ。だって子供もいる、住宅ローンもある、そんな状況で人生いちからやり直そうと思う男はいないでしょう」

「そうでしょうか。彼女の話によると、彼の方が積極的で真剣らしいですよ」

「その男性は、ムードに流されやすい単純な馬鹿か、演技のうまいずるい男かのどちらかです。彼の家庭はがっちりできあがっている。これから先は教育費が嵩む。離婚となれば慰謝料もかかる。金銭的なことだけじゃない。父と子の関係も壊すことになる。そんなこと、男性がすると思いますか?」

「でも、彼の方からプロポーズしたくらいですから」

「だって、この五年間、彼は奥さんとは別れなかったんでしょう」

「それはだから……いま別れると慰謝料や養育費が大変だということで……もう少し我

慢してくれって」

「いつ別れたって慰謝料も養育費も大変なことには変わりません。嘘ばっかりついて、どこまで不誠実な男性なんでしょう」

「そんな……。でも彼女が言うには、彼が自分だけを愛してくれてることは自分にしかわからないって」

「馬鹿まる出し」

「そういう言い方……」

「なんなら私が彼に電話して、本当の気持ちを聞いてみてあげましょうか」

「は？」

「私が彼女の母親だってことにすればいいんです。彼の反応を知ったら目が覚めるはず。あなたの同僚にそう伝えてください。いつだって協力しますって」

「それは、いくらなんでも……」

「あと何年待つつもりですか？　人生を設計し直すには早い方がいい。私は何も計算高く生きろと言ってるわけじゃないんです。ただ、今のままじゃ前に進めないですよ」

「でもやっぱり電話は結構です」

「あら、どうしてですか？」

「どうしてって……彼女にそんなこと言えないですし」

「最近は面と向かって言ってくれる人がいなくなりました。いつの間にか、みんな相手の機嫌を損ねないことしか言わなくなった。誰だって悪者になりたくないですからね。でも、恨まれてもいいから本当のことを言ってあげるのが本当の親切ではないでしょうか」

十萬里がそう言ったとき、ケーキが運ばれてきた。

春花は沈んだ気持ちで、のろのろとフォークで切り分けた。十萬里も無言のままだ。

「やっぱり私が電話してあげます」

さっさとケーキを食べ終えた十萬里は、顔を上げると、きっぱり言った。

「だから結構ですってば」

「そうはいきません。今はっきりさせておかないと、あとで後悔します」

「いくらなんでも、そこまでやるのはおせっかいすぎますよ」

「おせっかいは百も承知です。彼の電話番号、教えなさい」

「今ですか?」

「善は急げです」

そう言って、十萬里はバッグから携帯電話を取り出した。

「何か、誤解されていません? 今のは私の友人の話であって……」

十萬里がぎろりと睨んだので、その先の言葉を呑み込んだ。

「真実を知るのが怖いんでしょ」

友人の話として聞いてもらったつもりだが、最初からお見通しだったらしい。

「本当に結構ですから。そんなことしたら……」

「そんなことしたら、なんですか？　彼に嫌われる？」

図星だった。

十萬里は悲しげな表情になった。

「春花さん、あなたは本当は全部わかっているんです。相手の気持ちが結局はその程度だってこと。そしてそういうレベルの男性だってことも。際限なく買い物をして、部屋がどんどん汚くなっていったのは、彼との未来が見えなくなったからじゃないですか、違いますか？」

「090の……」

春花は携帯電話を開き、憑かれたように悟史の携帯番号を読み上げた。

十萬里は驚きもせず、言われた通りに自分の携帯に番号を打ち込んでいく。

——もしもし。

スピーカーフォンのボタンを押したらしく、悟史の声が春花にもはっきりと聞こえてきた。知らない番号からの電話だからか、警戒しているような硬い声音だ。

「もしもし、わたくし永沢春花の母親でございますが」

――えっ？

そう言ったきり悟史は絶句した。電話の向こうで固まってしまった様子が目に浮かぶ。

「もしもし、聞こえてますか？」

――はい……聞こえてます。

消え入るような声だ。

「あなた、うちの娘にプロポーズなさったのよね」

――いえ、僕は別に……。

「今、『別に』っておっしゃった？」

――いや、その……。

「うちの春花は、あなたが奥様と離婚するのを五年も待ってるんです。そのことご存じよね」

――いえ、僕は……。

「あれ？　ご存じないの？」

――そういうわけでも……ないんですが。

「あなたはうちの娘のこと、どう思ってらっしゃるの？」

返事がない。

「春花のこと、本気で愛してらっしゃる？」

――なんと言いますか……。

「はっきりしないわね。イエスかノーで答える簡単な質問だと思うんですけどね」

――はあ、まあ……。

「離婚の話はどれくらい進んでるんですか?」

――いや、それは……。

それきり黙ってしまう。

「あなたじゃ話にならないわ。ちょっと奥さんと代わってくださる?」

――そんなことできません!

どうしたの、あなた。誰から電話なの?

背後から女性の声が聞こえてきた。

いや、何でもないんだ。仕事関係の人だよ。

「奥さんに離婚の話はされたんですか?」

――だから、それはまだ……。

「まだって、もしかして一度もしてないとか?」

――それは……。

「はっきりしてください」

――はい、一度もしていません。

「罪なことをするのは、もうおやめになったら?」

――はい……。大変申し訳ありませんでした。

十萬里は電話を切ってから言った。「不倫くらいで会社を辞めちゃだめですよ」

「はい」

「じゃあ、私は帰ります」

そう言うと、伝票を持って立ち上がった。春花をひとりにしてやろうという配慮なのだろう。思う存分泣けばいいという気遣いに違いない。

しかし、不思議と涙は出てこなかった。

きっと、いつまで経っても煮え切らない自分の性格が、無意識のうちに役立ったのだろう。だって、真実を見つめることが怖いから、真正面から見ずに、徐々に諦める訓練をしてきた。だって、もうとっくにわかっていたことだった。

十萬里が最後のひと押しを買って出てくれたにすぎない。

初めて訪問したときから、彼女はすべてを見抜いていたのだ、きっと。


その夜、本棚を整理していると、懐かしい表紙が見えた。入社したばかりの頃に配られた『社内報作製の心得』という冊子だった。埃まみれになっている。ページを開き、「社内報担当者とはどうあるべきか」の項を読んでみる。

――経営ビジョン、経営方針、経営課題を伝えるスポークスマンであれ。

――社員ひとりひとりの想い、意欲を伝えるジャーナリストであれ。

――上層部と社員の円滑なコミュニケーションを取り、風通しをよくする送風機であれ。


入社した当初、広報部に配属されたことが嬉しくてたまらなかった。大学時代、就職活動で出版社を何社も受けたが、すべて落ちた。その時点で文章を書くことを仕事にするのを諦めた。だから、こんな形で活字に携われることになったことに感激した。取材もすれば写真も撮り、文章も書く。ひとり何役もこなすことにもやりがいを感じていた。

それなのに、いつからこんなにやる気のない社員に成り下がってしまったのだろう。

次の瞬間、課長から依頼されていた特集記事の題名が思い浮かんだ。

――『入社三年未満の離職率の高さを考える』

辞めていった社員を取材しよう。そして、「一身上の都合」ではない本音を聞き出す。

それらの結果をもとに座談会を設ける。上層部と中堅と若手をバランスよく揃えよう。

話し合いの結果は前向きなものでなければならない。社員のモチベーションを上げるためにはどうすべきかという方向へ話を持っていくのは、司会者としての自分の腕にかかっている。自分の力量を信じてくれているからこそ、バカ真面目課長から依頼がきたのだ。期待に応えなければならない。

写真もいきいきした表情のものを載せよう。そう思ったとき、十萬里の一眼レフをふと思い出した。

自分もいいカメラが欲しくなってきた。この際、買っちゃおうかな。

仕事に対する意欲が漲(みなぎ)ってきたのは久しぶりだった。


土曜日は、近所の薬局でクイックルワイパーを買ってきた。本当は掃除機をかけたかったが、しまってある収納庫の前が荷物で塞がれていたので、取り出せそうになかった。仮に取り出せたとしても、床に物が溢れているから、掃除機本体を引っ張って歩くことができない。マスクも買った。十萬里の訪問により、それまで大量の埃を吸い込んで生活していたことに気づいて怖くなった。

窓を開け、キッチンの床をクイックルワイパーでざっと掃除した。仕上げに、百円ショップで買ってきた大判のウェットシートで床を拭いた。シートが真っ黒になった。雑巾は使わない。雑巾なんか使ったら、雑巾そのものを洗わなければならないから、更に仕事が増える。そして、いったいいつになったらきれいになるんだろうと、途方に暮れること間違いなしだ。

次に食器棚を見た。扉が開けられるようになったものの、埃をかぶった食器類を片っ端から洗う気力はなかった。

少しずつでいい。

そう思うことにした。

あんまり頑張りすぎると、疲労が溜まって仕事に差し支える。

綾子に教えてもらった、ベストセラーになった片づけの本も何冊か買って読んでみたが、自分にはピンとこなかった。それらの本に出てくる例は、自分からするときれいな部屋ばかりだった。物が多くて片づかないなどと書かれているが、自分とは程度が違う。ちゃんと整理してあるし、そもそも清潔を保っている。

調理台の抽斗を開けてみた。

コンビニでもらったプラスチックのスプーン、フォーク、割り箸、ストロー、スティックシュガー、コーヒー用ミルク、ケーキを買ったときに箱に入れてくれる紙ナプキン、輪ゴム、刺身についている山葵(わさび)のミニパック、芥子(からし)やケチャップやマヨネーズのミニパックも出てきた。

いつのものかわからない。全部捨ててもいい物ばかりだ。

ゴミ袋の中に、どんどん投げ入れていった。洋服や靴と違って、捨てようかどうかと迷うこともない。

二段目の抽斗を開ける。

洗濯バサミが一個、頭痛薬、クッキーの抜き型、公共料金の領収証、スーパーのレジ袋、洋服のボタン、鉛筆、バンドエイド、街でもらったポケットティッシュなどなど。

頭痛薬はいつのものかわからないから捨てるとして、洗濯バサミはまだ使えるからあとでベランダへ持って行こう。クッキーの抜き型はどこへしまったらいいかな。ポケットティッシュはどこかにまとめるとして……。

あーめんどくさい。

クッキーなんて作る予定ある？

最後にクッキー作ったの、いったい何年前？

洗濯バサミをいつベランダへ持って行く？　それは……また今度。今度って、いつ？

いっそ、いま持って行ったらどうかな。でも、ベランダへ出るには部屋を突っ切らなければならない。床に物が溢れているから面倒だ。

だから……溜め息が出る。

いつまでも片づかない予感がした。

一生、このままってことはないと思うけど……。

——もしも明日が人生最後のゴミの日だとしたら、どうします？

十萬里の言葉をふと思い出した。

もしかして、彼女はそういった覚悟で毎日を暮らしているのだろうか。

そう思った次の瞬間、春花は抽斗ごと抜き出して、すっぽりとゴミ袋の中に入れ、逆さにして底を叩いた。何もかもゴミ袋に捨ててしまうと、すっきりした。夜のうちにゴミを出せると知ってからは、ゴミ出しに関しては苦痛ではなくなった。

取りあえず、調理台の抽斗を全部きれいにしよう。長い間、使っていなかったということは、なくてもいいということだ。だったら潔く捨ててしまえばいい。ゴミ袋の中に、次々とガラクタを投げ入れ、大判のウェットシートで抽斗の中を拭いていく。どんどんきれいになる。店でもらった物が多いし、高価な物もないので、捨てやすかった。

キッチンから片づけていくのは、案外といい方法かもしれない。

思いきって冷蔵庫もやっつけてしまおうか。そして、スーパーに買い出しに行って、久々に料理でも作ってみるか。いま何時だろうと壁の時計を見ると電池切れで去年から動いていない。ポケットから携帯電話を取り出して時間を確かめると午後二時だった。二時間くらいかけて冷蔵庫をぴかぴかにしてからスーパーへ行こう。

そう決めて冷蔵庫を開けた。

かちかちに固まった粉末のダシ。七味唐辛子は色褪せて茶色くなっている。見ると、賞味期限はとっくに切れている。山椒の小瓶も怪しい。チューブ入りの山葵と生姜と芥子は、最後に使ったのがいつだったか思い出せない。野菜室にはビニール袋に入った得体の知れない物がいくつかある。どろどろに溶けた緑色のはたぶんキュウリだろう。そしてオレンジ色の干からびた物体はニンジンだ。全部捨てよう。

次は冷凍庫。アイスクリームがたくさん入っている。何年前のものでも、なんせ冷凍保存してあるのだから大丈夫だろう。試しにひとつ取り出して蓋(ふた)を取ると、何か変だった。成分ごとに分離している状態で、ひと口食べてみると妙な味がした。急いで流しに吐き出して口をゆすいだ。

そのとき、携帯が鳴った。綾子からだった。

「春花、急で悪いんだけど、今夜、何か用ある？」

「ないよ」

「ああよかった。今日ホームパーティーなの。来る途中で例のチョコレートケーキをホールでお願いできるかな」

「ごめん、行かない」

「どうして？　だって用はないって言ったじゃない」

「今日は部屋を掃除したいの」

「掃除？　そんなのいつだってできるじゃない」

「どうしても今日やりたいから」

「えーっ、そんなの困る」

「困る？　どうして？」

「だって……」

「子守役がいないの？」

「やだ、春花ったら。今までそんなふうに思ってたの？　それは大きな誤解よ。春花の分の料理も下拵えしちゃったし、春花にお似合いのイケメンも呼んであるのよ」

「で、今日は美咲ちゃんは実家に預けたの？」

「それは……実家の母も何かと忙しくてね」

「綾子、私はこの先もホームパーティーには行かないから」

「どうして？　美咲のことが原因なら謝るよ」

「そうじゃない。私の方の都合なの。じゃあ、また来週、会社でね」

電話を切った。

怒りを発散しなくちゃ。綾子なんかに腹を立てる時間がもったいない。そんな暇があったら冷蔵庫の中をきれいにしよう。

怒りを消すために、誰もいないキッチンで無理やりニッと笑ってみた。

すると、少し気持ちが明るくなった。

よし、頑張るぞ。

冷凍庫の掃除の続きに取りかかったとき、今度はメールの着信音が鳴った。悟史からだった。

考えてみれば、土日に連絡があるのは初めてだった。悟史は、休日は家族と過ごしているので、今まで連絡を取ったことはなかった。

――来週、久しぶりに飲みに行かない？

心は揺れなかった。優柔不断な気持ちはなくなっていた。

この男、単なる馬鹿だ。母親のふりをした十萬里の電話に懲りていないのか。

未練のかけらもない自分を確認できて、安堵した。

――もういい加減にしたら？　私も風鈴みたいに家に押しかけようかな。二度と会いませんよ。さようなら。

もっと丁寧に生活しよう。

送信ボタンを押したとき、唐突にそう思った。

生活そのものを楽しもう。

もう誰にも振り回されずに生きていこう。

目を閉じて想像してみる。大きな窓から差し込む太陽の光、清潔なフローリングの床、上質なソファとコーヒーテーブル、そして出窓に飾られた花。

赤いベネチアングラスの花瓶は、これからも大切に使っていこう。ついこの間までは捨てようと思っていた。見るたび悟史のことを思い出してつらくなったからだ。だけど今は違う。そう遠くない日に悟史を思い出すこともなくなり、別の楽しい思い出を作っていける予感がする。

きれいなリビングで、丁寧に淹れた紅茶を飲もう。
ひとりでゆったりと寛げる大人の女になる。
誰のためでもない、自分のために。
そう心に決めてぱっと目を開けたとき、開け放った窓から新鮮な風が吹き込んできた。

ケース2　木魚堂

ワシに相談もせんと勝手に片づけ屋なんか呼びやがって。

風味子（ふみこ）はいったい何を考えとるんだ。

そもそも片づけ屋なんていうわけのわからん商売しとるようなおばはんを信用する神経が理解できん。

ワシは娘をそんな阿呆に育てた覚えはないぞ。

洗面所の鏡を覗き込みながら、国友展蔵（くにともてんぞう）は久しぶりに髭（ひげ）を剃っていた。

考えてみれば、ここのところ風味子以外の人間には誰ひとりとして会っていない。家の中に他人が入るのも久方ぶりだ。だからなのか、朝からなんとなく緊張していた。

おーい、着替えを出しといてくれ。

思わず言いそうになり、慌てて口をつぐむ。

妻の美津子（みつこ）は半年前に癌で亡くなったのだった。胃の三分の二を切り取る手術は成功し、一旦は自宅に戻って普通に暮らせていたのに、一年もしないうちに、あちこちに転移が見つかった。それからは、あっという間だった。

人が頻繁に出入りしていたのは、美津子の人柄によるものだったと気づいたのは最近だ。ワシみたいな陰気臭いオヤジのところには誰も来やしない。早く美津子のもとに行きたいものだ。

「お邪魔いたします」

玄関の方で声がした。

「大庭十萬里でございます」

意外にも落ち着きのある声だった。もっと甲高くて、いかにも愛想のいい商売っ気たっぷりといった声を想像していたので、警戒心が少し緩んだ。

玄関に行ってみると、どこにでもいるような普通のおばはんが立っていた。ポロシャツにジーンズという軽装だ。ワシが想像していたのは、銀ぶち眼鏡をかけてスーツをきりりと着こなした、痩せた女だったのだが……。

「素敵な町ですね。いかにも下町といった風情があって」

「はあ、そりゃどうも」

この辺りは職人の多い町だ。昔ながらの表具屋、畳屋、仏像彫り師、印鑑彫刻師、建具屋、紳士服仕立職人などいろいろだ。仕事は様々でも儲かっていないことは共通していて、おまけにほとんどの家に後継ぎがいない。

昔は活気のある町だったが、今では閑散としている。どの家も息子たちはサラリーマンになり、娘たちはサラリーマンに嫁ぎ、みんな判で押したように、こぎれいなマンションで暮らしている。うちの風味子もそのひとりだ。

国友木魚堂は自分で三代目だ。風味子はひとり娘だから、婿を取って木魚作りの家業を継いでもらいたいと思ったこともあった。だが、ワシも美津子もそれを口に出したことは一回もない。ワシは長男だからというだけで否応なしに後継ぎにさせられて、自由に人生を選べなかった。だから、子供には好きなことを好きなようにさせてやりたかった。大切な娘を同じ目に遭わせるわけにはいかんかった。

「今日はお嬢様の風味子様から依頼をお受けいたしております」

「その話は風味子から聞いてはいるけどね、だがワシは、この件に関しては……」

「それではお邪魔いたします」

まだ話している途中だというのに、さっさと靴を脱いで勝手に上がってきた。

「一階は仕事場と事務所と台所とお風呂にトイレ、そして居間と納戸ですね」

おばはんは大きな黒い鞄から出した紙を広げて確認するように言った。

呆れたことに、風味子は間取り図まで渡してやがる。こんな得体の知れない女に、家の間取りまで知られた日には物騒で仕方がない。まったく風味子ときたら、防犯意識がなさすぎるぞ。

「そして二階は六畳間が三部屋で、今は誰も使っておられないとか。それで間違いないですね？」

丸っこい顔と体つきには似合わない、なんだか刑事みたいなしゃべり方で、まるでこっちが悪いことでもしたような気になってくる。ますます気に食わない。

「間違いはないけどさ、とにかくワシは仕事が忙しいから、勝手に掃除して帰ってもらえるとありがたいんだ」

「私は掃除をしに来たのではありませんよ」

「えっ？　だって、片づけ屋が来るって娘からは聞いてるんだけど……」

「私の仕事は片づけることではなくて、片づけの方法を指導することです」

なんなんだ、偉そうに。

「指導って言われても、あんたねえ、そもそもワシは……」

「家の中を拝見しましてから、片づけの方針を決めさせていただきます。そしてその方針に従っていただくことになっておりますのでご了承ください」

なんて押しつけがましい女だろう。

指導だって？

ちゃんちゃらおかしい。

口先であしろこうしろと適当なことを並べて金がもらえるんなら、ワシでもやりたいくらいだ。

ムッとした表情を思わず晒してしまったが、おばはんは気づかないのか、それとも気づいても無視してやがるのか、ぽっちゃりした手を再び鞄に突っ込んで、がさごそと何やらまた捜し始めた。

「風味子様からチェックシートを送っていただいております。それによりますと……」

おばはんは赤ん坊みたいなぷくぷくした手で、一枚の紙を取り出した。

「ちょっと見せてくれ」

紙をひったくり、その場で目を通した。

次の設問に○か×でお答えください。カッコ内に理由やご意見などを御自由にお書きください。

第一問　洋服はきちんと畳む。

×（父は家事は一切やりませんので、私がやっています）

第二問　床が見えない部屋がある。

×（ありません。私が掃除をしていますので）

第三問　パンにカビが生えることがよくある。

×（食品についても、私がきちんと管理しています）

第四問　お茶を床にこぼしても拭かない。
〇（たぶん父なら拭かないと思います）
第五問　新聞が捨てられない。
×（これだけは父がやっています。父に言わせると、新聞を束ねて紐で縛るのは〈男の仕事〉だそうです）
第六問　昔の年賀状が捨てられない。
〇（整理整頓して不要な物を捨てるという発想自体が、父にはないと思います）
第七問　よく物を捜す。
〇（母が生きていた頃は、母にひと声かければ、なんでも魔法のように出てくる生活を送っていました。ですから母亡きあとは、爪切りひとつなかなか見つけられず、使うたびに家中を捜しまわっているようです）
第八問　衝動買いしたあと、買ったこと自体を忘れてしまうことがある。
×（父は買い物はいたしません。衣類などは母が適当に買ってきていました。父はおしゃれというものに、およそ関心がありません。それどころか、たぶんスーパーにも数えるほどしか行ったことがないと思います）
第九問　他人を家に呼べない。
×（私が仕事帰りに訪ねて掃除をしております。完璧とは言えませんが、ある程度は

きれいにしているつもりです）
　第十問　窓が開けられない。
　×（床に物が散乱していて、窓まで辿りつけないというほどひどくはありません。家の中は、そこそこすっきりしている方だと思います。それでも母が生きていた頃と比べると、なんとなく雑然としてきたように感じます）
　——追伸　父は母亡きあと、何ごとに対してもやる気を失っているように見えます。妻に先立たれた夫が、あとを追うように亡くなったという話をよく聞きますので心配です。父はまだ六十代ですし、腕を見込まれて木魚の注文もちょこちょこ来ているようです。サラリーマンではないので定年もありませんし、仕事に趣味にと楽しく暮らしてほしいと願っています。十萬里さんの著書の副題に、「心もお掃除いたします」という名文句がついていますよね。なにとぞ父に、前向きになれるきっかけを与えてやってください。よろしくお願い申し上げます。

　風味子のヤツ、ワシに内緒で勝手なこと書いてやがる。

「それでは、お部屋を順に拝見いたします」

　そろそろ風味子が来る時間なのだが、どうしたのだろう。

　風味子は小学校の教師だ。今日は土曜日だから学校は休みのはずだが。それとも緊急の職員会議でもあったんだろうか。昔と違って、今どきの小学校の教師はいろいろと大変らしい。なんでもモンスターペアレンツだとかイジメだとか学級崩壊なんていうのが珍しくないと聞いている。どこの学校の校長も保護者の家を回って謝罪する毎日で忙しく、最近は校長や教頭のなり手がないというからびっくりだ。風味子の夫も小学校の教師だが、去年あたりからストレスで円形脱毛症になっている。

それにしても風味子、早く来てくれよ。

こんな厳しい顔つきのおばはんと家の中で二人っきりだと思っただけで、息が詰まりそうだ。

「風味子さんは、お近くにお住まいなんですか?」

「車で三十分ほどのところに住んでるよ」

「けっこう離れてますね。風味子さんは学校が終わってからここに夕飯を作りにいらっしゃるんでしょう? 毎日となると大変ですね。風味子さんのご家庭の家事もあるでしように」

「ワシは昔から家のことはからきしダメなたちでね。さすがにこの歳になってから、家事をいちから覚えようなんて思わんし」

そりゃあそうでしょう、とか、どこの家でも男の人なんてそんなもんですよ、などと返してくれると思っていたのに、おばはんはこっちをちらりと見ただけで、何も言わなかった。人生の中で、これほど感じの悪い女を見たことがない。

おばはんは、すっと居間に入って行くと、整理ダンスの前に立った。

「開けさせていただきますが、よろしいですか？」

「はあ、どうぞ」

あんまり気分のいいもんじゃなかったが、片づけ屋だというからには仕方がない。

おばはんは上から順に次々と抽斗を開けて、ざっくりと見ていく。

「ご自分の洋服や下着を捜すの、大変じゃないですか？」

「そうなんだ。どこに何があるかわからんのだ。シャツ一枚を捜すだけで、あちこちのタンスを開けなきゃならん。それも、タンスがひと部屋に集合していればいいけど、あっちの部屋、こっちの部屋と散らばってるんだ」

「例えばこのタンスの中身は八割方が奥様の衣類ですが、ほかのタンスはどうですか？」

「ほとんど同じようなもんだ。二階にはカミさんの物ばかりが入ったタンスもいくつかある。ワシ専用のタンスというのはないけどね」

「そうですか。ではご主人専用のタンスをひとつ作りましょう。ご主人の衣類はかなり少なめだと風味子さんから伺っていますので、たぶん一棹(ひとさお)に収められるでしょう。そしたら着替えるたびに、いくつも開けて捜し回るということがなくなりますから、それだけでもぐっと楽になるはずです」

「なるほど。それもそうだな」

「奥様の物はどうされますか？」

「風味子がそのうち片づけるとは言ってるけど、なかなかあの子も忙しいようでね」

「風味子さんが奥様のお古を着られることもあるんでしょうか？」

「いや、それはない。身長が十センチ近く違うし、風味子は肩幅もあってがっちりタイプだ」

「じゃあ、ご主人が処分なさったらどうですか？　時間的に余裕のあるご主人が率先して動かれた方が、忙しいお嬢様も助かると思います」

「いや、いいんだ。風味子がやるって自分から言ってるんだから」

そうですか、とか、わかりました、などと言うだろうと思ったら、またもやおばはんは、じっとタンスを見つめたまま返事をしなかった。こういうところが本当に感じが悪いと思う。よくもそんなんで商売が成り立っているものだ。

「次はお風呂場を見せてください」

「どうぞどうぞ」

半ばやけくそだった。何でも見てくれ。そしてさっさと引き揚げてほしい。

風呂場に行くと、おばはんはざっと見渡してから、脱衣所の戸棚を片っ端から開けていった。

「奥様の物ばかりですね」

美津子が愛用していたシャンプーや、きれいな色の石鹸などは生前のまま置いてある。

「ご主人がお使いにならないものは、お捨てになった方がいいですよ」

「そのうち風味子が処分すると言っているからいいんだ」

そう言うと、おばはんは溜め息をついた。これ見よがしと言ってもいいくらい大きな溜め息だった。

なんなんだ。感じが悪いったらありゃしない。

早く帰ってほしい。

そのとき、玄関の引き戸がガラガラと開く音が聞こえてきた。

「遅くなってすみません」

風味子の声だった。

「十萬里さん、今日はわざわざありがとうございます」

風味子が風呂場に顔をのぞかせた。

「お邪魔しています。早速おうちの中を拝見させていただいているところです」

今日も風味子の表情は暗かった。

「どうだ、春翔の様子は」

おばはんの前ではあるが、気になって、聞かずにはいられなかった。

「うん……相変わらず」

「結局、今週も学校に行かなかったのか?」

「……うん」

「一日もか」

「うん……一日も」

「そうか……あんないい高校に入れたっていうのにな」

五月病ってやつは、五月にかかる病気なんだろうから、六月になれば自然に治るもんだと思っていた。それなのに、もう七月だ。あと数週間で学校は夏休みに入る。

ワシにとって、春翔はたったひとりのかわいい孫だ。まだ高校一年生だというのに、早くも人生につまずいてしまっている。春翔の将来を思うと心配で、なかなか寝つけない日もある。こういうとき、美津子が生きていてくれたらなあと思う。苦労人の美津子のことだから、何かいい知恵を思いついたかもしれない。

「お父さん、二階も案内して差し上げた?」

「いや、まだだ。お前が来たからバトンタッチするよ」

「ここはお父さんの家だよ。お父さんが案内してあげてよ。私は忙しいんだから」

きつい言い方だった。いつもの風味子と違う。

風味子はジャケットを脱ぐ間も惜しむように、風呂場の手前の洗面所に置いてある洗濯機に、洗剤と洗濯物を放り込んでスイッチを押した。バッグも肩にかけたままだ。そのあとすぐに小走りに台所へ入っていく。いつものことだがばたばたと忙しそうだ。

「お嬢さんは毎日あんな感じなんですか？」

風味子の後ろ姿を見送る顔が、なぜだか悲しそうだった。

「うん……まあ、だいたいは」

おばはんは、すうっと足音も立てずに廊下を進み、台所に入って行くと、風味子の後ろ姿をじっと見つめた。

風味子は流しの前に立ち、スポンジを泡立てて、食器を次から次へと洗っている。

「ねえ、お父さん」

振り向いた風味子は、いきなりワシを睨んだ。「紙皿や紙コップをなんで使ってくれないのよ。忙しい中わざわざ買ってきて、目立つ所に置いておいたのに」

「使い捨てなんて、そんなもったいないことできるか。紙コップなんていうのは、キャンプだとかピクニックに行くときに使うもんだろ」

「お父さんがそんなだから、私は毎日実家のお皿まで洗わなきゃならないのよ」

「えっ？」

皿を洗うくらいのことが、それほど負担になっていたのだろうか。たいしたことじゃないと思っていたんだが……。

そのとき、風味子の目の下に隈ができていることに気がついた。

「お父さん、紙コップを使うのが嫌なら、食器くらい自分で洗ったらどうなのよっ」

怒鳴るように言ってから前に向き直り、食器をゆすぎ始める。がちゃがちゃと食器がぶつかり合う音がする。そんな乱暴に洗うのを初めて見た。

「お母さんもお母さんよ。どうして亭主をちゃんと躾けておかなかったの？　まったくもう」

風味子が爆発するなんて、すごく珍しいことだった。

「お父さん、どうしてこの丼を使ったの？」

風味子がまた振り向いて、泡だらけの丼を両手で持ち、目の高さまで持ち上げた。

「どうしてって、別に……」

ワシは食器の柄や形なんかにはとんと興味がない。ただ、そこにあったから使ったまでだ。

この素敵なお皿で食べたらおいしそう、だとか、雰囲気が出るわよね、などと美津子はよく言っていたものだが、ワシには全く理解できなかった。どの食器で食べても、うまいもんはうまいし、まずいもんはまずい。

「わざわざこんなに重いのを使わなくてもいいじゃないの。もっと軽い丼もあったはずよ。これだけ重いと洗うのだって疲れるのよっ」

今にも丼を流しに叩きつけそうな勢いだった。

「お父さん、洗う方の身にもなってよ！」

「……すまん」

いったいどうしたんだ。

今日の風味子は変だ。学校で何かあったんだろうか。

それとも夫婦喧嘩でもしたのか？

まさか、ワシが原因だとか？

美津子が死んだ翌日から、風味子が来てくれるようになった。決して自分から頼んだわけじゃない。だから、風味子は好きで来てるんだと思っていた。

ワシはとんでもない誤解をしていたのだろうか。

風味子を疲れさせていたのなら、それならそうと、もっと早く言ってほしかった。それとも、気づいてやれなかったのがいけなかったのか。

それにしても、何も片づけ屋が来ている今日に限って怒らなくても良さそうなものなのに。

「あとで洗おうと思ってたんだが……」

いたたまれなくなってきた。「今度からは自分で洗うよ」

「お父さん、この前もそう言ったよ」

「そうか……すまん」

おばはんは相変わらず、何も言わずに風味子の後ろ姿を見つめている。二人の会話が聞こえているだろうに。

「じゃあ、ワシが二階に案内するよ」

「いえ、私はここでしばらく台所を拝見いたします」

そう言って、おばはんは動こうとしなかった。

手持ち無沙汰だったので、仕方なくおばはんの横に並んで風味子の背中を眺めた。

風味子は皿を洗い終えると、休む間もなく今度は米を研ぎ始めた。研ぎ終わって炊飯器にセットしたと思ったら、鍋に水を入れて火にかけ、冷蔵庫から大根を出して流しで洗ってから皮を剝く。

何もかもが猛スピードだった。急いでいるというレベルではなく、まるで一刻を争っているかのようにも見える。見ているこっちまで疲れてくる。

これまでもこうだったのだろうか。考えてみれば、風味子が家事をする姿をじっくりと見たことはなかった。そんなに急いでやると、疲れるのではないか。

「風味子、お前、何もそんなに急いでやらなくても」

「急がないでどうするのよ。私には自分の家の家事もあるの。それに春翔のことだって心配だから、一分でも早く家に帰ってやらなくちゃ」

　人参を刻む手を止めず、振り向かないまま風味子は吐き捨てるように言った。

　次々に野菜や肉を刻んでは鍋に入れていく。

　すべての材料を入れ終えたのか、鍋に蓋をして弱火にすると、気持ちを入れ替えるかのように、大きく息を吐いた。そして、冷蔵庫を開けて中を見ながら、メモ用紙になにやら書き入れて行く。「ええっと……納豆がもうないわね。それと、食パンとチーズとハムもない。お父さん、調味料はまだ大丈夫？」

「さあ、どうだろ」

　風味子がちらりと軽蔑したような目でワシを見る。そしてまたもや溜め息をつくと、メモ用紙を片手に、あちこちの棚を調べ出した。「お醤油に味醂、料理酒、ウスターソースにトンカツソースにマヨネーズにケチャップ、味噌……まだ十分あるわね。あっ、中華ドレッシングがあと少ししかない。それに芥子も」

　ひとりしゃべりながらメモを取っている。

「お父さん、私いまからスーパーに行ってくる。その間、十萬里さんを二階に案内して差し上げて」

　風味子は忙しなくエプロンを外し、壁の時計をちらりと見る。「十萬里さん、そういうわけですみませんけど……」

頭を下げながらポケットから携帯電話を取り出した。春翔にかけるつもりなのだろう。春翔のことは、風味子の脳裏からいっときさえ離れることがないようだ。

呼び出し音が鳴っているようだが、いつもと同じでなかなか出ない。風味子の眉間の皺（しわ）がだんだん深くなっていく。

「もしもし、春翔？　どうしてすぐに出ないのよ。心配するじゃないの」

イライラが頂点に達したような声だった。「春翔、聞いてる？　今日はお母さんね、ちょっと遅くなるけど、冷蔵庫の中にね……」

言いかけていきなり口をつぐんだ。そして床の一点を見つめ、固まってしまったように動かなくなった。どうやら一方的に電話を切られてしまったらしい。

「風味子、春翔に対して過保護すぎやしないか？」

「無責任なこと言わないでよ。春翔が自殺でもしたらどうするの」

ワシを思いきり睨んだ。

「そうカリカリするなよ。一年くらい休学させてやればいいじゃないか。長い人生、一年くらいどうってことないよ。美津子みたいに六十半ばで死ぬヤツもいれば、向かいの傘屋の婆さんみたいに九十過ぎても元気な人間もいる」

「あのね、一年休学するってことは、一学年下の生徒と同級生になるってことなのよ」

「そりゃそうだ。当たり前じゃないか」

「それが思春期の男の子にとって、どれだけ大きな精神的苦痛になるかわからないの？」

「お前だって大学に入るとき一年浪人したじゃないか」

「大学生と高校生とでは全然違う。なんにもわからないくせに口出ししないで。春翔が本物の引きこもりになったら、どうしてくれるのよっ」

最後は金切り声になった。

驚いて風味子の顔を見た。

風味子は誰に似たのか、子供の頃から勉強ができた。学校の先生になることが小学校の頃からの夢だった。大学を出てから、希望通り小学校の教壇に立ち、二十年近く勤め続けている。

日頃は、どちらかと言うと感情をあまり表に出さない方なのだが、春翔が高校に行かなくなってから、ピリピリするようになった。しかし、今日ほど荒れているところは見たことがない。

「私……勤めをやめるかもしれない」

風味子がぽつりと言った。「春翔のそばにいてやらないと心配で。だってもしも……」

風味子は壁の時計をちらりと見た。すぐにでも家に帰って春翔の顔を見たいのだろう。

「風味子さん、よろしければ、私が買い物に行って参りましょう」

おばはんがいきなり言った。「さっきのメモをくださいますか」

そう言って、手のひらを風味子に差し出す。

「ほんとですか？」

風味子は顔を上げて、縋るような目でおばはんを見た。

「おばは……いや、十萬里さんとやら、あんたスーパーの場所、知ってんのかい？ ここら辺は初めてだって言わなかったっけ？」

「ご主人、あなたが私を案内するんですよ」

しれっとした顔で言いやがる。

「ワシ？ ワシがスーパーなんか行くわけないだろ。若いヤツらは別として、この近所でスーパーに行く男なんていないよ。職人気質がすたるってもんだ。とにかくワシはスーパーなんてとこは絶対に……」

「じゃあ、これ、お願いします」

風味子はメモ用紙をおばはんに渡した。「十萬里さん、助かります。ほんとにありがとうございます」

そう言ってから、風味子はキッとした目をワシに向けた。「お父さん、たまには外の空気を吸った方がいいわよ」

「吸ってるさ。毎日、庭に出てるんだし」

「十萬里さん、父の出不精はますますひどくなってるんですよ。居間でごろんと寝転んでテレビばっかり見てるんですから」

「それはいけません」

「父が身体を動かすといったら、植木の手入れと池の金魚に餌をやることくらいです」

「そんなのでは身体がなまってしまいますね」

「たまに外出するかと思えば床屋と銀行。それも車で行くんです。すぐそこなのに」

「筋肉は使わないと、あっという間に衰えるものです。歳を取れば尚更です」

女どもに、やいのやいのと言われ、ワシはスーパーに行く羽目になってしまった。

「十萬里さん、車はこっちだよ」

玄関を出てさっさと車庫の方に歩きだすと、「スーパーへは歩いていくんですよ」と言いやがる。

「あのね、散歩に行くわけじゃないんだ。買い物といえば荷物が重いだろ」

「重ければ重いほど、いい運動になります」

にこりともしない顔で言われると、従わざるを得ない雰囲気になってくるのが不思議だった。

ワシはこういう毅然とした態度の女が昔から苦手だ。

近所の連中とばったり出くわさなきゃいいが……。

帽子を目深に被り、うつむき加減に歩いた。スーパーへのたった五分の道のりが、途方もなく長く感じられる。ワシの後ろをおばはんがぴったりとついてくる。女連れだと思われたくないので、距離を開けようと早足になると、ヤツも早足になる。まるで下手な尾行みたいだ。

「あら！　十萬里さんじゃありません？」

背後で特徴のある声が響いた。鼻にかかった独特の声は染物屋のおかみさんに違いない。昔は町内いちのベッピンで有名だった。六十を過ぎても肌がつやつやで着物が似合って羨ましいと美津子がよく言っていたものだ。

「私、十萬里さんの大ファンなんですよ。握手してくださいます？　わあ嬉しい。エミちゃーん、大庭十萬里さんがいらっしゃってるわよ」

おかみさんは大声を出して、店番をしていた嫁を呼んだ。エミちゃんが「あーっ、ほんとだあ！　お会いできて感激ですう」と言いながら店から走り出てくる足音が聞こえる。ワシはその場にじっと立ち止まっているわけにもいかなくなって、仕方なく振り返った。

「あれ？　木魚堂のおじさんじゃないの。もしかして、おじさんが十萬里さんに片づけを頼んだの？」とエミちゃん。

「ワシじゃないよ。風味子がおせっかいで、ほんと困ったもんなんだ」

「だって風味子ちゃんは忙しいでしょう。今どきの学校の先生はいろいろと大変だって聞くわよ。女手が必要だったら遠慮なく言ってくれればよかったのに」とおかみさん。

「ありがとよ」

「おじさん、十萬里さんを駅まで送りに行くところなの？」とエミちゃん。

「……ああ、まあ、そんなところだ」

「違います。スーパーに買い物に行くところです」

「スーパーに？」

おかみさんが驚いたような顔でワシを見た。

「それはいいわ。さすが十萬里さんね」

何がいいのか、何がさすがなのか、昔からワシは、女の言うことだけはちっともわからない。

おかみさんはワシと目が合った途端、優しそうに微笑んだので、ちょっとどぎまぎした。この十萬里というおばはんも、染物屋のおかみさんくらいの愛想があれば、どれほどいいかと思う。

「すみませんが」

おばはんは染物屋のおかみさんに話しかけた。「あとでお宅に伺ってもよろしいでしょうか？　ちょっとお願いしたいことがございまして」

「あら、十萬里さんの頼みって何かしら。楽しみだわ。遠慮なく寄ってくださいね。お待ちしています」

おかみさんも簡単に騙される口だ。片づけ屋などという妙な商売をしている人間を信用する気が知れない。

やっとスーパーに着いた。

ワシはカゴを持たされ、風味子が書いたメモも渡された。

「メモ通りに買い物をしてください」

おばはんのあとをついて回ればいいだけだと思っていたが、やはり甘かった。

——納豆、食パン、チーズ、ハム、中華ドレッシング、芥子……。

「どこに何が置いてあるか、だいたいの位置を覚えることにしましょう」

なぜワシが覚えなきゃならんのだ？

昨日までのワシならそう聞いたはずだ。でももうわかっている。ワシは今まで風味子のお荷物だったのだ。

「端から順に見て回りましょう。これからは買い物はご自分でなさってください」

言われなくてもわかっている。風味子の、精神的に行き詰まったようなあの顔が、ずっと頭から離れない。

「もしかして十萬里さんじゃないですか？」

ヤツは野菜売り場でも魚売り場でも総菜売り場でも声をかけられ、握手を求められた。どうやらワシが知らなかっただけで、世間じゃ有名らしい。思っていたほど怪しい人間ではないということか。それなら安心だが、でもやっぱり……このおばはんから一刻も早く解放されたい。


スーパーから戻ると、ご飯の炊けた匂いがした。

台所に入ると、テーブルに煮物と味噌汁と焼き魚が載っていた。湯気の向こうに風味子が見えた。炊飯器を開けてご飯を混ぜている。

「お父さん、私、そろそろ帰るわね。洗濯物は干しておいたから、明日取り入れておいてね。絶対よ。この前みたいに忘れてたなんて言わないでよね。じゃあ、また明日」

「私もそこまでご一緒します」とおばはんが言う。

風味子は驚きもせず「ご足労おかけします」と言った。最初からそういう予定だったらしい。

「風味子の家もこの人に片づけてもらうのか？」

「そういうわけじゃないけど……ちょっと打ち合わせってところかな」

歯切れが悪い。

もしかしてワシに何か隠しているのか。二人で何を企んでいるのだ。

「今日拝見いたしました様々なことをもとに、私の方で片づけの計画を立てます」

おばはんは、帰り支度をしながら続けた。「次回は二週間後になりますが、今日と同じ時間帯でよろしいですか？」

「えっ、今日で終わりじゃなかったのか？」

「今日は〈片づけられない度〉を判定するだけだと、風味子さんには申し上げたはずですが」

そんなこと聞いてない。驚いて風味子を見ると、平然とした顔をワシに向けた。

冗談じゃない。一日で終わりだと思っていたから我慢したのだ。

「ちなみに〈片づけられない度〉は軽症から重症までの三段階評価ですが、ご主人の場合は重症です」

「重症？　いったいなんで？　どの部屋も結構ちゃんと片づいていると思うけどね」

「それは風味子さんのお手伝いのお陰であって、ご主人の力ではありません」

「はあ」

「大丈夫ですよ。私に依頼する方のほとんどが重症ですが、確実に快方に向かいますから」

自信に満ち溢れたような顔で言う。風味子までが感心したようにうなずいている。

「ご主人のように重症の場合は、月に二回の指導が三ヶ月間つづきます」

「三ヶ月も？」

「それに加えて半年後のチェックもあります。じっくりやっていかないとリバウンドしますからね。では、宿題を出しておきます。居間にあるタンスをご主人専用のタンスにしてください。もうあちこちのタンスを捜し回らなくて済むように」

「はいはい。それではできるだけご期待に添うようにいたします」

ふざけた物言いが気に入らなかったのか、おばはんは厳しい目でワシを正面から見据えた。

「やるよ。やりますよ。やりゃあいいんだろ。風味子も忙しそうだし、やっぱり自分のことは自分でやらないとな」

やけになってそう言うと、おばはんはいきなりにっこり笑った。

この家に来てから初めて笑顔を見せた。あまりに突然だったので、どうしていいやらわからなくて、ワシは思わず目を逸らした。

もう今日で終わりにしてほしい。このおばはんが家にいるだけで窮屈でたまらない。次回からなんとかして断わる方法はないものか。次の指導日が来る前になんとかせねば。

翌日、なかなか風味子が来ないと思っていたら、染物屋のエミちゃんが来た。

「十萬里さんから頼まれたの。おじさんに基本的な家事を教えてやってくれって。これからしばらくの間、お義母さんと交代で来るからね」

そんなおせっかいなことは迷惑だと普通なら思うのだが、ワシはエミちゃんの人懐っこい笑顔に弱い。確か風味子と同年代で四十は過ぎているはずだが、神経質な風味子と違い、のんびりした雰囲気が漂っていて、ワシまでほんわかと優しい気分になる。

「そりゃあ悪いね。忙しいだろうに」

「忙しくなんかないよ。商売の方は全然だもの」

染物屋の長男は食品会社に勤めるサラリーマンだ。染物屋の仕事は、職人のおやじとおかみさんと嫁のエミちゃんの三人で細々とやっている。

「それにね、ここの美津子さんが元気だった頃、お義母さんが色々とお世話になったみたいなの。その御恩返しってこともあるの」

「なるほど、そういうことか」

美津子が目に見えない財産を遺していってくれたのかもしれない。

「おじさん、それでは始めます。今日の授業はですね、基本中の基本。洗濯機の使い方とご飯の炊き方。それに味噌汁とほうれん草のお浸しの作り方。あんまりいっぺんにやっても大変だから、少しずつね」

「先生、よろしくお願いします」

最敬礼してみせた。

「やだあ、おじさんたら」

エミちゃんは大げさに笑ってくれた。

あのおばはんとは大違いだ。


七月も終わりに近づいた頃、春翔がひとりで訪ねてきた。

「おじいちゃん、こんにちは」

玄関先で、ぺこりと頭を下げた。

久しぶりに見る春翔は、生気が抜けたような顔をしていた。太陽が照りつける季節になったというのに、ずいぶんと青白い。ずっと家にこもっていたのだろう。しかし、こうやって訪ねてくるということは、部屋から一歩も出られない引きこもりというやつにはまだなっていないということだ。その点だけはほっとした。

「それにしてもすごい荷物だな」

大きなスーツケースを引きずっているうえに、リュックまで背負っている。

「だって一ヶ月間も泊まるんだからね」

春翔はそう言いながら、スニーカーを脱いだ。

一ヶ月も泊まるとは聞いていない。長くて二泊くらいだろうと思っていた。

「そうは言っても、どうせ一時間もすれば退屈で帰りたくなるだろうさ」

「そんなことない。僕、しばらくここにいる」

「もしかして、家は居心地が悪いのか」

「うん、母さんが心配症だからね。いつも監視されてるみたいでさ」

「……そうか」

「僕、家のこと手伝うよ。母さんは当分ここには来ないらしいし、おじいちゃんは仕事が忙しいって聞いてるから」

「えっ？　ああ……そうだよ。続々と注文が来て困ってるんだ」

見栄を張ったわけじゃなかった。孫の手本にならなければいけないと、とっさに思った。不登校になってしまった孫に、ワシみたいに働かなくても暮らしていける生活を見せるのは絶対にまずい。そう直感した。

「すごいね、おじいちゃんは」

尊敬の眼差しでワシを見る。そうなると、張り切って木魚を作らないわけにはいかない。注文が幾つか来ているのは事実だが、美津子が亡くなってからはやる気が起きなくて、注文が溜まっていると客に嘘をつき、待ってもらっていた。

早速、仕事場に行く。行かざるを得なかった。忙しいふりをしないといかん。

春翔も後ろからついてきて、仕事場を珍しそうに見回している。

「春翔は小さいときから何度もここに来たことあるだろうに」

「今までは、木魚を作る仕事をひとつの職業、つまり人生の選択のひとつになりうると思って見ていたわけじゃないからね。単におじいちゃんの仕事場だという認識でしかなかったから」

小難しい言葉を使うところは風味子にそっくりだ。

「いいなあ。おじいちゃんには手に職があって」

まだ十六歳なのに、もう人生が終わってしまったような顔をしている。

「だったら春翔も手に職をつければいいさ」

「母さんもそう言ってる」

「へえ、そうか。風味子がそんなことを言ってるのか」

意外だった。小さいときから春翔に塾通いをさせて、勉強、勉強と追い詰めていたような印象がある。いい高校、いい大学へ行って、エリートになるように育てているのだと思っていた。行き過ぎのようにも思っていたが、どんどん変わって行く時代の流れの中で、ワシのような古い人間が口を出すのもよくないことだと考えて、何も言わずに来た。そんな教育熱心な風味子が職人になることを春翔に勧めているとは知らなかった。

「風味子はどんな職を手につければいいと言ってるんだ?」

「医者か弁護士になれってさ」

「なんだ、そっち方面か」

手に職といっても木魚職人ではないらしい。

「おじいちゃんが木魚を作るところ、ここで見ててもいい？」

「もちろんいいさ」

「日本に木魚職人ってどれくらいいるの？」

「ワシが聞いた話だと、全国で二十人くらいしかいないらしい。木魚に限らず職人がどんどん減ってるよ。あんまり儲からないから無理もない」

「おじいちゃんはどうして木魚の職人になろうと思ったの？」

「何になろうなんて考える余地なしだった。長男だから親父の跡を継がなきゃならなかった。それだけのことだ」

春翔がそばに寄って来て、ノミを使うワシの手許をじっと見つめている。しばらく仕事を休んでいたツケがまわったのか、手許がうまく定まらなかった。

「おじいちゃん、木魚を作るの、面白い？」

「最初は面白くなかったなあ。若い頃は嫌で仕方がなかった。長男に生まれたことを恨めしく思ったよ。面白いと思い始めたのは、仕事を覚えて五年くらい経ってからだ。木魚をひとつ仕上げるたびに上達しているのを感じ始めたんだ。達成感もあったし、努力の成果が目に見えて表われる。だけどな、たまに道で同級生なんかに出くわすと、向こうはパリッとした背広なんか着てるから、サラリーマンの世界がかっこよくて楽しそうに見えて羨ましくなったりもした。てめえの汚い作業着と比べて落ち込む。ワシ、なにやってんだろうって。だけど、ひとつ木魚を仕上げるとまた上達している。だからやりがいを感じる。そういうことの繰り返しだった」

「ふうん、そうなんだ」

腕を組んで何やら考えている。

「木魚作りは気の長い作業でな。仕入れたクスノキを日陰に五年ほど置いておくんだ」

「へえ、五年も?」

「そうだ。それから、のこぎりで大小さまざまに切る。そして中をくりぬいて、さらに三年から五年の間、自然乾燥させる。それからやっと彫刻するんだ。彫り終わったら表面を磨いて艶(つや)を出したあと、音を調整する」

「音って?」

「木魚は音を出すためのもんだからな」

「どうやって音を調整するの?」

「まず目を瞑って心を静かにするんだ。春翔も目を瞑ってみろ」

春翔が目を閉じたのを確認してから、ワシは撥(ばち)で木魚を叩いてみせた。「神経を集中させて、音と空気の揺れを全身で感じるんだ」

「そんな繊細な仕事だなんて知らなかった」

春翔は感心したように言いながら目を開けた。

「繊細も繊細。いい音を出すために、数ミリ単位で中をくりぬいていく。体調が悪いとできん仕事だ。いい音かどうかは勘に頼るしかない」

「その勘がわかるのに何年かかる？」

「ワシだってまだ半人前だ。五十年やってもまだまだ成長過程だ」

「勘よりも、科学的な数値の方が……」

春翔は何やらブツブツとつぶやきながら、宙を見つめて眉間に皺を寄せる。その難しい横顔が、風味子によく似ていておかしくなる。

「大きい物だと完成まで十年かかることもある。あんまり儲からん仕事だが、この世の中からワシがいなくなっても、そのあとも何十年、何百年とワシの木魚を使ってもらえると思うと嬉しいもんだ」

「おじいちゃんが死んだら、ここ、どうなるの？」

「お前の母さんが家ごと処分するだろうさ」

「そんなのもったいないよ」

春翔はいきなり立ち上がり、ポケットから携帯電話を取り出して、仕事場を次々に撮りだした。「なんだか無性に残しておきたくなったよ」と縁起でもないことを言いおる。

「ワシはまだまだ死なんぞ」

「おじいちゃん、うんと長生きしてよね」

嬉しいことを言ってくれる。

「ありがとな」

「本気で言ったんだよ。いま死なれちゃ、僕が困る」

春翔は切羽詰まったような顔をしていた。

「どうだ、春翔も彫ってみるか?」

「えっ、いいの?」

目が輝いた。

「そこに木切れがたくさんあるだろ。練習用に使っていいぞ。どれかひとつ選んで鉛筆で下書きしてみろ」

「うん、やってみる」

春翔は早速、木切れを選びだした。

「模様は大きく分けて二種類ある。二匹の龍が玉をくわえる〈龍彫り〉と、城の天守閣のしゃちほこを象(かたど)った〈鯱(しゃち)彫り〉だ。どっちでも好きな方をやってみたらいい。見本はこれだ」

春翔は見本を手に取り、熱心に見比べてから〈龍彫り〉を選んだ。

「ところで春翔、今夜は何が食べたい？」

「カレーライス」

「よし、じゃあ、もう少ししたら一緒にスーパーに買い物に行こう」

「あれ？　おじいちゃん、スーパー行くの嫌なんじゃなかったっけ？　母さんからはそう聞いてるけど」

春翔のためならスーパーに行くくらいどうってことはない。

春翔の運動不足はワシよりもひどいと見た。中学まではすばしっこい少年だったのに、動作が鈍くなっている。椅子から立ち上がるときも、どっこらしょという声が聞こえてきそうなほどだ。

「スーパーってところは意外に面白いぞ。いろんな物を売ってるんだ」

「そんなの誰だって知ってる」

「春翔はカレーを作れるか？」

「自信ない」

「実はワシも自信なし」

そう言うと、春翔はアハハと声を上げて笑った。

春翔が笑ったのを見るのは久しぶりだったが、表情が硬いままだったので複雑な気持ちになった。

「心配してたけど、思ったより元気そうで安心したよ」

そう言ってみると、春翔は一瞬バツの悪そうな顔をした。

「今は夏休みだからだよ。僕だけが学校を休んでいるわけじゃない、みんな休んでるんだって思うと、少しは気が楽なんだ」

「なるほど。そういうことか」

「馬鹿みたいだね、僕って」

「馬鹿だなんてとんでもない。春翔は人にはない何かを持ってるよ」

「えっ、ほんと?」

びっくりしたような目でワシを見る。

「本当だ。お前はきっと何かを成し遂げる人間だ。ワシにはわかる」

とっておきの魔法の言葉は、なんの根拠もないが、人の将来なんてわからないから嘘とも言いきれない。そして、その言葉が生涯の心の支えとなることがある。

ワシが高校時代にグレていたとき、お袋は言った。

――お前は特別な人間だよ。そんじょそこらのガキとは違う。何かをつかみ取る日がきっと来る。

いい加減なこと言いやがってとお袋に毒づいたが、本当は嬉しかった。単純だが、人生に希望を見た気がした。お袋の言葉を思い出すと、いまだに腹の芯が温かくなる。

ふと見ると、春翔の頬が微かに緩んでいる。春翔の全身をがんじがらめにぐるぐる巻きにしていた〈どうせ僕なんか〉という糸が、少しずつでもほぐれてくればいいのだが……。

「春翔、しばらく学校のことは忘れろ。夏休みはまだ一ヶ月以上ある。ここでのんびりすればいい」

「うん。ありがとう」

そのあと、春翔と二人でスーパーに行き、カレーの材料と冷えたスイカを買った。

翌日からは、男二人で協力しあいながら暮らす日々が続いた。風味子は全く来なくなった。

二日に一回は洗濯をして、週に二回は掃除機をかけた。少しずつだが美津子の持ち物も捨て始めた。料理でわからないことがあったら、染物屋のエミちゃんに聞きにいったり、我流で調理して、得体の知れないものを食べたりした。

その日は、例の片づけ屋のおばはんが来た。

家に入るなりワシ専用のタンスを見せろと言う。そう来るだろうと思って、ちゃんと自分の衣類をひとつのタンスに詰め込んでおいた。

「よくできました」

にこりともせずに、小学生に言うような言葉で褒めやがった。

「今日は食器棚を片づけましょう。この二週間で使った食器をテーブルの上に並べてみてください」

めんどくせえなあと思いながらも、毅然とした態度に気圧(けお)されて従った。

最近使った食器と言えば、春翔と食べたカレーの皿やら、ご飯茶わん、味噌汁の椀、寿司を買ってきたときに使った醤油の小皿、炒め物を盛った中くらいの皿、グラス、急須と湯呑み、ラーメン鉢、蕎麦や素麺の猪口(ちょこ)、マグカップ、コーヒーカップ、冷や奴を入れたガラスの鉢、枝豆を入れた大きめのガラス鉢、スイカを盛った大皿、親子丼を作ったときの丼……けっこう使うもんだ。

「だいたいこんなところだけどね」

「じゃあ、そのほかの食器は捨てましょう」

「えっ、それはいくらなんでも……」

テーブルの上に出した食器は、思ったより多かったとはいうものの、全体の十分の一にも満たなかった。大きな食器棚には、奥の方までぎっしりと食器が詰め込まれている。

「風味子にも相談してみないと。カミさんの形見に何枚か欲しいと思ってるかもしれないし」

「では、こうしましょう。使わない食器は段ボールに詰めて納戸にしまうんです。それだけでも、食器棚は格段に使いやすくなりますよ」

「僕がやるよ」

春翔が言った。「いい運動になるし」

「では次に、下駄箱の整理をしましょう」

玄関に下りて下駄箱を開けてみると、予想通り、八割方が美津子の履き物だった。美津子は足が小さかったから、デカ足の風味子が履けそうなものは一足もない。

「思いきって捨てるかな」

そう言うと、おばはんはにっこりと笑った。

なんだか妙に嬉しかった。染物屋のエミちゃんの笑顔と違い、滅多に見られない分、おばはんの笑顔の方が価値があるような錯覚に陥った。

ワシとしたことが……。

ワシまで騙されてどうする。

「やっと夫婦二人暮らしからひとり暮らしにシフトする覚悟ができたようですね。その調子ですよ」

なんなんだ、偉そうに。

春翔が来てから三週間が経った。

「コンニチハ」

　仕事場で木を彫っていると、玄関から妙な声が聞こえてきた。コンニチハの「ニ」を、いやに強く発音しやがる。つまりは外国人の真似をしているらしい。

「コンニチハ」

　また聞こえてきた。

「おじいちゃん、誰だろう」

　春翔が尋ねるが、そんなふざけた野郎などワシには覚えがない。

　二人で玄関まで出てみると、そこには白人夫婦と小さな娘が立っていた。夫婦はクスノキの丸太のように太っているが、青い目をした女の子は人形かと思うほどかわいらしかった。

「コンニチハ」

　三人がそれぞれに例の発音で言った。小さな女の子までが言ったので、ワシは思わず笑った。

「突然すみません。どうしても国友木魚堂を訪ねたいと言われたものですから」

　流暢（りゅうちょう）な日本語が聞こえてきた。見ると、丸太のような夫婦の後ろから、眼鏡をかけた日本人らしき男が背伸びして顔をのぞかせた。どこかで見たことがある。

「あっ、有馬（ありま）先生だ。おじいちゃん、テレビによく出てる人だよ」と春翔が言う。

ああ、思い出した。確か精神科医か何かだ。

「そうです。有馬です。初めまして。こちらはドイツのケルンでセラピストをしておられるシュミットさんです。シュミットさんは、ホームページで木魚堂をお知りになり、来日したついでに国友木魚堂さんを是非お訪ねしたいと言われまして、こうして私がお連れした次第です」

「ホームページ？　そんなのワシは知らんぞ」

「おじいちゃん、僕が作ったんだよ。でもまさか、僕のホームページを海外で見てくれている人がいるなんて思わなかった」

「まあ、どうぞ、お入りください」

ワシは自分の口からすっと出てきた言葉に驚いていた。

接客はすべて美津子に任せていたのだが、これからはなんでもかんでも自分でやっていかなきゃならん。ワシは相変わらずワシだが、ワシは美津子でもあるんじゃないか。最近はそんな気がしている。こういうのが、早く逝った美津子の分まで生きるということかもしれん。

客人たちを仕事場に通し、椅子を勧めた。

「コーヒーか紅茶か緑茶かオレンジジュース、どれがいいですか？」と春翔が英語で尋ねた。

「コーヒー、プリーズ」とシュミット。

「ティー、プリーズ」と奥さん。

「オレンジジュース、プリーズ」と女の子。

ばらばらのもの頼みやがって。本当に外国人は遠慮というものを知らん。

「じゃあ、私は緑茶で」と有馬までが言う。

春翔は呆気に取られたような顔をしながらも、「おじいちゃんは?」と聞いてくれた。

「ワシはなんでもいいよ」

だろうね、という表情で、春翔はいそいそと台所へ向かった。

飲み物が揃ったところで、シュミットが何やらしゃべりだしたが、英語だからワシには全くわからなかった。

「シュミットさんは禅を研究してるんだってさ」

春翔が説明してくれる。

「春翔、お前、英語を聞きとれるのか?」

「この程度ならね」

「シュミットさんはですね」と有馬が日本茶を啜る。「禅の研究の過程で木魚に興味を持たれたようです。ご存じのように、ヨーロッパでは禅というものが、いっときのブームというよりは、もう定着したという感じでございましてね。瞑想というのは宗教色が希薄ですから、キリスト教圏でも受け入れられやすいんでしょう。国友木魚堂のホームページの英語バージョンを是非作ってほしいとおっしゃってます。木魚をネット販売すれば、ヨーロッパでも売れるんじゃないかって」

「木魚が欲しければ、中国産の大量生産で安いのがある」

ワシは親切に教えてやった。中国産のせいで商売あがったりだった。しかし、ドイツ人に木魚の質などわかりはしないだろう。そんな外国人に、ワシの作った高価な木魚を売りつけるのはためらわれた。

有馬の通訳を介して、シュミットは大きく首を横に振った。「ノー」と強く言ったところだけはワシでも聞きとれた。

「展蔵さんが作った物が欲しいとおっしゃってます。ドイツ人は、大量生産の代物なんか好きじゃない。マイスターの魂が吹き込まれた上質な物が好きなんだと言ってますけど」

「やっぱりすごいんだね、おじいちゃんて」

春翔がワシを尊敬の眼差しで見おった。

あと一週間で夏休みが終わるという頃、風味子がふいに訪ねてきた。

「春翔のあんな笑顔見るの、何ヶ月ぶりかしら。お父さん、ありがとう」

さっき風味子は仕事場に行き、春翔が木を削っている様子を見て来たばかりだ。

「いや、ワシはなんもしてやっとらんが。毎日一緒にメシ作って食べて、たまに洗濯と掃除をして、あとは木彫りの練習やら散歩やら」

台所のテーブルに向かい合って座り、冷たい麦茶を出してやった。

「それにしても、ずいぶん久しぶりじゃないか。春翔のことをあんなに始終気にしていたお前だったのにどうしたんだ。春翔に会うの、一ヶ月ぶりだろ」

「春翔に会うのを十萬里さんに禁止されてたのよ。電話するのもダメなんだって」

「なんで？」

「それが十萬里さんの決めた方針なのよ。しばらく春翔と離れた方がいいって」

「あのおばはんは片づけ屋じゃなかったのか？」

「あの人は部屋だけじゃなくて、心もお掃除してくれることで有名なのよ」

「やっぱり怪しげな商売だなあ」

「十萬里さんのこと、そういうふうに言わないでよ」

むきになるのが洗脳されてる証拠だ。

「ひとつ聞きたいんだが、あのおばはんが初めてうちに来た日のことだけど……」

心にずっしりと重くのしかかっていたことを、今日は思いきって尋ねてみようと思った。

「あの日、風味子が皿を洗いながら怒りをワシにぶつけたろ。あれにはびっくりしたし、正直言って……きつかった」

「お父さん、ごめんね。実はあれも十萬里さんの指示に従ったのよ」

「なんだと？」

「十萬里さんとは事前に会って、私の気持ちを聞いてもらってたの。そしたらね、これからは我慢せず自分をさらけ出した方がいいって。だけど、そんなことしたらお父さんがかわいそうだって私は反対したのよ」

娘からかわいそうな存在だと思われるのは、もっときつい。

「そしたら、『お父さんはあなたの親でしょう、親に遠慮することなんかないのよ』って、十萬里さんが言ったの」

「それはその通りだ。金輪際ワシに遠慮なんかせんでくれ。お前はワシのたったひとりの子供なんだから」

「そう言ってくれると嬉しいよ。でも、あの日はだんだん気持ちが高ぶっちゃってね、ちょっと言い過ぎちゃったみたい」

「そんなことありゃせん。これからもあの調子で頼む。ワシは何を言われても大丈夫だ。娘に気を遣われる方がよほどつらい」

「そう？　じゃあこれからも言いたいことは言うようにするよ。覚悟しといてね。ふふ。

「ほかには夫にどんな指導を受けたんだ?」

「なんでも夫に相談するようにって」

「それはワシも前から思ってたことだ。春翔のことにしたって、なんでお前ひとりが悩んでいるのか、善彦くんはどうしたんだ、父親としての役割はどこへいったんだ、そう思ったら腹が立って仕方がなかった。だが夫婦のことに口出しするのもどうかと思って、ずっと我慢しとったんだ」

「前にも言ったでしょ、善彦さんは学級崩壊でここのところずっと大変なのよ」

「だけど夫婦揃って小学校の教師なんだから、互いに助け合えるだろう。少なくとも悩みを聞いて互いにアドバイスできることもあるだろうに」

「そんな簡単にはいかないよ。学級崩壊っていうのは担任教師の力量不足が原因だっていう見方がいまだに世間じゃ強いのよ。例えば、クラスの子がみんないい子ばかりで、和気あいあいとした学級を受け持っている教師なんて、もう鼻高々っていう雰囲気が私の学校にもあるもの。特に善彦さんはプライドが高いから、本当なら私にも知られたくなかったんじゃないのかな。でも、ああいう噂ってすぐに広まるの。私の学校の先生たちまで、善彦さんのことみんな知ってるもの。けっこう狭い世界だからね。そうなると、私だけでも知らないふりしてあげないとかわいそうな気がしてさ」

「なんだか水臭い夫婦だな」

「十萬里さんにも同じこと言われちゃった。いいことも悪いこともなんでも話し合った方がいいって」

「そうか、あのおばはん、まともなことも言うんだな。もしかして、この夏休みに善彦くんと旅行したのは、おばはんの勧めだったのか」

「そうなの。香港に行ってみて、ほんとよかった。ああいう活気のある街って元気をもらえるよ。みんなが一生懸命生きてて、かっこつけてなくて、地に足がついてるって感じ。夫婦で旅行したからといって、善彦さんの悩みが解消したわけじゃないけどね。でも、あの人も思うところがあったみたいで、帰国してから少し明るくなった気がする」

風味子が麦茶をおいしそうにひと口飲んだ。「ところで春翔はまだ仕事場にいるのかしら。あの子の好きなアイス買ってきたのに」

「春翔はいったん彫りだすと熱中して、なかなか仕事場から出てこんよ。そんなことより……」

この際、もうひとつ聞いておきたいことがあった。

「片づけのチェックシートってもんを見せてもらったんだが、あれによると、風味子はずいぶんとワシのことを心配してくれたようだったけど……」

しかしあの日の風味子は、皿洗いをしながら爆発した。ワシにうらみつらみをぶつけたと言ってもいい。あの怒りに満ちた表情とチェックシートの優しい言葉とが、えらく矛盾していて、ワシはあの日から頭が混乱したままだった。

——追伸　父は母亡きあと、何ごとに対してもやる気を失っているように見えます。妻に先立たれた夫が、あとを追うように亡くなったという話をよく聞きますので心配です。

「ああ、あれね」

風味子は言葉を切り、残りの麦茶をごくりと飲み干した。「お母さんが死んでからのお父さんは、いつも縁側に座って、庭をぼうっと眺めてたでしょう。だから心配でね」

そう言って、苦笑いをする。

なぜここで苦笑い？　意味がわからん。

「それで？」と先を促す。

「チェックシートに書いたのは本心じゃなかったみたい。書いた時点では自分では本心だと思ってたんだけどね。でもね……」

言いにくそうにしている。

「でも、なんだ？　なんでも言ってくれ」

「実は十萬里さんに鋭い指摘をされたの。つまりね、私は仕事と家事の両立だけでも大変なのに、春翔が不登校になったでしょ。それからは、精神的にも追い詰められてつらかった。そのうえに善彦さんの受け持ちクラスが学級崩壊でしょう。あの人は自分のことで精いっぱいで、家に帰ってきても心ここにあらずの状態だったの。だから私は春翔のことを善彦さんには相談できなかった。自分ひとりでなんとかしなきゃってね。そういうあれやこれやで、私もういっぱいいっぱいだったの」

そんな中、ワシまでお荷物になった……そういうことか。

それも、病気だっていうんならまだしも、ワシは丈夫で元気だっていうのに……。

「風味子、あのおばはんの指摘っていうのは、要は……」

「そう。お父さんのこと。生気を失って死んだような目をしたお父さんを見るたびに心配だった。うぅん、心配してあげなきゃいけないんだって思ってた。そんなときに十萬里さんに言われて気づいたの。私、本当は心配どころか、お父さんに対してイライラしてたんだってこと。だけど、お母さんが死んでお父さんはショックを受けてるんだから、ひとり娘の私がなんとかしてあげなきゃ、私が優しい気持ちにならなきゃいけない。そう自分に言い聞かせてたの」

「……そうか」

「十萬里さんに言われたわ。『もっと周りの人に甘えなさい。お父さんにも甘えなさい』って。助けてと叫び声を上げているのは、春翔や善彦さんやお父さんだけじゃなくて、私自身もそうなんだって指摘された。『風味子さん、もっと自分の負担を減らしなさい。そのためにはお父様を自立させましょう』って」

「なるほどな」

ワシは冷蔵庫から麦茶を出して、風味子のグラスになみなみと注いでやった。

風味子はグラスについた水滴を人差し指でなぞりながら、ふうっと長い息を吐いた。

「ごめんね、お父さん」

「なんでお前が謝るんだ？」

「親不孝だよね、私」

「そんなことあるもんか。ワシはお前の親なんだ。こっちこそ面倒かけてすまんかった。もうワシは大丈夫だから」

「うん、わかった」

風味子がにっこり笑った。だがワシの見たところ、少し寂しさの残るような笑みだ。

「ワシをスーパーに行かせたり、染物屋のおかみさんやエミちゃんが家事を教えにきてくれたのは、全部あのおばはんの方針だったというわけか」

「そうよ。十萬里さんは本来の片づけ屋としての仕事もきちんとしてくれたわ。お父さんが暮らしやすくなるように、家の中を変えてくれたでしょう？　お母さんの持ち物も片づけたんだってね。どう片づければいいかは、十萬里さんがことこまかに教えてくれたはずよ」

「ああ、確かに暮らしやすくなった。家の中は美津子が生きていたときのままだったから、母さんの物が溢れていて、必要な物がなかなか捜せなかった。それに、美津子の物を目にすることが多いから、なんだか四六時中、母さんのことを思い出してしまって、実を言うとつらかった。こんなに早く逝くとわかっていたなら、母さんが行きたがっていた沖縄旅行にさっさと連れてってやればよかった、銀婚式のときに指輪を買ってやればよかった。そんなことを思ってしまう。それだけならまだいい。若かった頃のことも次々に頭に浮かぶんだ。金もないのに飲み歩いて苦しめた時期もあったし、てめえの人生が面白くなくて些細なことで怒鳴ってばかりいた時期もあった。あのとき、ああしてやってれば、こうしてやってれば……もう際限なく頭の中で後悔が渦巻くんだ。ワシは少し情緒不安定になっていたみたいだ」

「知らなかった。お父さんがそういうことで苦しんでいたなんて」

「おばはんの方針とやらに従って、母さんの物を思いきって捨てたり、段ボールに入れて納戸にしまったりしたから、母さんの物があんまり目につかんようになった。だからといって、いろんなことを思い出しては後悔するってことが全くなくなったわけじゃないんだが、少し楽になったことは事実だ。それに、春翔が来てくれたことで、気が紛れることも多くなった」

それでもワシは、美津子の持ち物を目の前から消すことに、少なからず抵抗があった。

美津子を思い出さないようにしているみたいで、申し訳ないような気がした。そんなワシの気持ちを察したのか、おばはんは言った。

——いつの日か、心穏やかに奥様のことを思い出せる日がくるんじゃないでしょうか。人生は山あり谷あり、いろいろあったけど、なんとか協力して二人でやってきたんだって思える日がきっと来ますよ。

おばはんはワシよりひと回り以上若い。まだ五十そこそこだという。そんな年下のおばはんに言われても腹が立つだけだが、でもワシはその言葉を信じることに決めた。それしか情緒不安定から脱する方法がなかった。

「私はね、当分の間この家には出入り禁止って十萬里さんに言い渡された。春翔と距離を置くためだけじゃなくて、私が出入りすると、男性陣は私に家事を頼りたくなるからダメだって」

「春翔をここで暮らさせるようにしたのも、おばはんの差し金だったのか?」

「差し金なんて言葉を使わないでちょうだい。失礼よ。指導といってもらいたいわ」

「どっちでも同じことだ。あの丸っこいおばはん、あれやこれやと裏でワシをあやつってたってわけか。ふざけやがって」

「なに言ってるのよ。十萬里さんの指導は効果があったじゃないの。現にお父さんは家事ができるようになっただけじゃなくて、仕事にも精出してるって聞いてるわよ」

「それは、春翔が木魚堂を継ぐと言ってるからだ。ワシが教えてやらなきゃならんだろ」

「木魚職人ねえ……春翔は現実から逃げてるだけだと思う」

「そうは言うが、ヤツはなかなか筋がいいぞ。手先も器用だしな」

「ふうん」

浮かない顔をしている。

「風味子、焦るな。人生は長いぞ」

「……うん、わかってるけど」

「木魚職人もそう悪い生活でもない。贅沢はできんけどな」

「春翔のことは全部私のせいよ。春翔はたぶん燃え尽き症候群だと思う。勉強、勉強って一年中追い立ててたもの。やっと希望の高校に入学したと思ったら、今度は大学受験のための塾に行きなさいなんて、そりゃあ、誰だって嫌になるわよね。どうして気づかなかったんだろう、私ってほんとに……」

風味子はじっと自分の手を見つめる。

「学校でイジメに遭ってるってことはないのか？」

「私なりに調べてみたけど、それはないみたい。優秀な子が集まる高校だけど、校風は明るくて、学園祭や体育祭もすごく盛り上がるみたいだし、先生と生徒が和気あいあいとしてて、すごくいい雰囲気の学校だもの」

　そのとき、春翔が台所に入ってきた。

「春翔の好きなアイス、買って来たわよ」

「ラッキー」

　春翔は早速、冷凍庫からアイスクリームを出してきて、ワシの隣に座った。

「僕、二学期から学校に行こうと思うんだ」

「えっ？」

　風味子が驚いた顔で春翔を見た。

「この前、ドイツ人がおじいちゃんを訪ねてきたんだよ」

「おい春翔、ドイツ人が来たことと、お前が高校に通うのと、なんか関係あんのか？」

「うん。関係おおあり」

　そう言ってから、春翔はかちかちに凍ったアイスクリームと格闘しだした。プラスチックのスプーンが今にも折れそうになっている。

「日本の文化をもっと世界に広めた方がいいと思ったんだ。そのためには学校に行った方がよさそうだよ」

「外国語ができた方がいいってことか？」

「それもあるけど、木魚の音を勘に頼るんじゃなくて、科学的に分析できないかなと思って。それに、シュミットさんがいろいろ質問したでしょ。禅のこととか仏教のことか。僕は何を聞かれても答えられなかった。奥さんには茶道や華道のことを聞かれたけど、それも全然わかんなかったし、三味線やお琴や能や狂言や……もうほんと、恥ずかしくなるくらい僕は日本のことを知らないんだ。自分でも唖然としたよ。それどころか、日本の歴史についても、シュミットさんの方が僕より詳しいんだもん。あれには参った。我ながらやばいと思ったね」

やっとアイスクリームをスプーンで掬(すく)えた。口に放り込んで「やっぱり、これ、おいしい」と微笑む。

「外に出ないと身体もなまっちゃうしね。学校行けば体育もあるし。まっ、ほかにもいろいろ学校に行くメリットはあるって気づいてさ」

「そうか、それはよかったよ」

「うん、でも……九月一日の朝になったら……やっぱり行けなくなるかもしれないけど」

今から既に緊張している表情だ。

「そしたら、その日はその足で真っすぐここに来ればいいよ」とワシは言った。

「そう？　そうかな。そうだね。家にいるよりはずっといいよね。でも、なるべく学校に行くようにしたい」

「焦らなくていいんだぞ」

「うん。だけどシュミットさんの顔を思い出せば行ける気がする」

春翔はスプーンでアイスクリームを底から掘り起こした。

やっとアイスクリームが少しずつ溶け始めたようだ。

思春期の繊細な心も、同じように柔らかくなればいいのだが。

「張り切っておいしいお弁当作ってあげる」

風味子が嬉しそうに言う。

「作らなくていいよ。母さんは忙しいんだから。二学期からは自分で作ることにする」

「春翔に作れるの？」

「大丈夫だよ。見かけは得体の知れない物でも結構おいしいってこと、おじいちゃんに教わったから」

「頼もしいわ」

風味子の目に涙がきらりと光った。

それを見たワシまで泣きそうになった。

あの片づけ屋のおばはんは、案外、悪いヤツじゃなかったようだ。

もちろん、まだ完全に信用したわけじゃないが。

ケース3　豪商の館

睦美ったら勝手に片づけ屋なんかに予約入れたりして。

私にひとことも相談しないで、まったく何を考えてるんだか。

私はどうも好きになれない。あの大庭十萬里って人。

テレビでちょくちょく見かけるけど、なんであんなに人気があるのかわからない。愛想もないし美人でもないし、片づけの方法っていったって、特に目新しいことを紹介するわけでもない。

七十八歳の三枝泳子は、居間でひとり抹茶入り玄米茶をすすりながら、つけっぱなしのテレビから流れてくる情報番組を、見るともなしにぼうっと眺めていた。

そのとき、玄関のチャイムが鳴った。

「こんにちは。町内会の集金に来ました」

お向かいの柴田家の奥さんの声だ。

「はいはい」

前もって釣銭のないよう、小さな盆に用意しておいた会費を持って玄関へ出る。

「奥さん、聞いたで聞いたで。大庭十萬里さんが来るんやってなあ」

「そうなんよ。なんや憂鬱でね。でももう予約してしまったって睦美が言うし」

「憂鬱？　なんで？　近所の奥さんたち、みんな言うとるよ。睦美ちゃんて親孝行やねって」

「どこが親孝行なんよ」

「だって十萬里さんは、はるばる東京から来はるんやろ？　往復の新幹線代やら宿泊代やら結構かかるんやないの？　そんなんも睦美ちゃんが全部出してくれるんやろ？」

「……気づかんかった。そこまで考えとらんかったわ」

「でも奥さんとこ、いっつもきちんと片づいてるやん。いったいどこを片づけるん？」

「それやの。いったい何を片づけろっていうんやろ」

「実はうちの娘もね、里帰りするたびに、あれも捨てろ、これも捨てろって、うるさいんよ」

柴田さんは長男夫婦と同居していて孫三人に囲まれて賑やかに暮らしている。そのうえ、娘さんは車で二十分のところに嫁いでいるから、しょっちゅう実家に顔を出す。ご主人が数年前に亡くなったとはいうものの、柴田さんはいつも大勢の家族と一緒だ。それに比べて私はひとりぼっちだ。柴田さんが羨ましくて仕方がない。

――お母さんが死んだあと、整理が大変なんだからね。要らない物は元気なうちにさっさと捨てておいてくれなきゃ困るわよ。

久しぶりに睦美から電話がかかってきたと思ったら、きつい調子で言われ、すぐに電話は切れた。

「きっと私の育て方が悪かったんやわ。なんせ高度成長期やったし、消費社会に突入したしで、子供らに物を大切にすることを教えんかった」

言いながら、思わず溜め息が出た。

「そんなん、どこの家でも同じじゃわ」

「そうなんやろか。柴田さんとこもそうやった？」

「当たり前やん。だって消費社会なんていうのは、日本人全員にとって初めての経験やろ。あの時代、みんな調子に乗っとったんやわ」

「なるほど。そう言われればそうやね。うちだけやないね」

「そういえば先週ね」

いきなり柴田さんは声をひそめた。「小学校の元校長先生やった八十歳の男の人が亡くならはってね」

「ああ、知っとるよ。町の広報にも載っとったから」

元校長は何年か前に妻に先立たれ、その後はひとり暮らしだったらしい。

「孤独死なんやて。なんか、かわいそうやったわ。ひとり暮らしゅうのは惨めなもんやね」

返事のしようがなかった。

「あ、ごめん。もちろん奥さんのことやないよ。だって奥さんとこは英樹ちゃんが定年退職したら帰ってきはるんでしょ？」

「え？　まあ……そらもちろん」

十中八九、英樹は帰ってこないと思う。本人に聞いたわけじゃないが、睦美がそう言った。

——兄貴は帰ってこないよ。当たり前でしょう。東京で生まれ育った義姉さんが、こんな田舎で生活したいわけないじゃない。

英樹夫婦も睦美夫婦もすでに五十代だから、あと十年もしないうちに定年である。定年退職後はどちらかの夫婦がこっちに帰ってくるのではないかと期待していたが、当てがはずれたようだ。その証拠に、どちらも最近になってマンションを買い替えた。こんなに広い実家があるというのに、そんなに都会暮らしが楽しいのか、もう古里に未練はないというのか。

そのうえ、英樹も睦美も仕事が忙しいらしく、ここ何年か盆正月でさえ帰省しなくなっている。だからずいぶんと長い間、会っていない。いくら忙しくても盆正月くらいは休めるだろうに……。

都会はいざ知らず、この田舎では三世代同居の家庭は多い。同居でない場合は、すぐ近所に子供世帯が住んでいる。うちのように、娘も息子も遠く離れたところに住んでいて滅多に帰ってこないという家は少ない。

しかし、隣家の間宮さんだけは私と似たような暮らしだった。夫に先立たれてひとり暮らしだったところも同じだし、子供たちが二人とも優秀で都市部で生活していることも同じだ。間宮さんは上品で聡明な奥さんで、私より十歳ほど年上だから、いつもお手本にしていた。そのうち息子さんのどちらかが定年退職後に帰ってきて同居するのだろうと思っていたら、一年ほど前、高齢者向けケアマンションに入所した。心底びっくりした。だってあんなに立派な息子さんが二人もいるというのに、あまりにかわいそうだ。正直言って、私はああはなりたくない。人生の最後に子供たちに見捨てられるなんて本当に惨めだ。

「聞いた話だとね、元校長先生のとこは、息子さんがひとりいるらしいんやけど、東京暮らしでね。この先もこの町には帰ってこないらしいんよ。それで、ついこの前、遺品整理業者を呼んで家財道具を一切合切、処分してもらったんやって。物を捨てるだけで百五十万円も請求されたんやて」

「そんなに取られるもんなの？」

うちもいつかはそうなるのだろうか。

「やっぱり娘の言うように、今のうちに少しずつ廃品回収なり、市の粗大ゴミに出すなりした方が安上がりやって私も考え直したんよ。ほんで一念発起して、先週タンスの中身を整理して要らんもんを捨ててやったわ」

柴田さんは心なしか誇らしげに胸を張った。

「例えばどんなものを捨てたん？」

「虫食いのセーター」

「何枚？」

「一枚」

「一枚か……」

「だってほかのは虫食ってなかったんやもん。趣味が悪くて何年も着てないのはようけあったけど、傷んでないのを捨てるわけにはいかんでしょう」

ほっとした。私も柴田さんと同じ考えだ。

「やっぱりそうやわね。こないだ大庭十萬里の書いた『あなたの片づけ手伝います』を読んでみたんよ。ほんやけどピンとこんかった。うちには捨てるもんなんか何にもない。そりゃもちろん、隅から隅まで捜したら柴田さんとこみたいに虫食いセーターの一枚くらいは出てくるかもしれへんけど」

「テレビでやっとる〈汚部屋〉っていうの、ほんま気持ち悪いなあ。あんなんは都会に住んどるわけわからん若い人の部屋やわ」

「そうそう。あんな足の踏み場もないほどゴミが散乱しとる家なら、百歩譲って十萬里に来てもらうのもわかるけど、うちの家はあんなんとは全然違う。自分で言うのもナンやけど、私ってきれい好きな方やと思うし」

「そうやわ。奥さんはきれい好きよ。いつもきちんとしてはるもん。でも……」

そこで柴田さんは言葉を切り、宙を睨んだ。「考えようによっては、ええチャンスと言えるんと違う？」

「というと？」

「専門家に来てもらって『奥様はきちんと片づけておいでです。捨てる物は何ひとつありません』なんて言われたら、お宅の睦美ちゃんはどう思う？」

「なるほど」

「娘をぎゃふんと言わせるええ機会やで。そうなったら私もうちの娘に、奥さんの例を話して聞かせるわ。きっと娘も自分の考え違いを反省すると思う」

「そうか、そうやね。大庭十萬里が来るまでにまだ一週間もある。私、完璧に掃除したる」

「奥さん、その意気やわ。きっと十萬里さん、尻尾巻いて逃げ帰りはるわ」

いつものことだが、柴田さんと話すと気分がすっとする。幼稚園の先生を定年まで勤め上げただけあって、しっかりしているからか、日頃から意見が一致することが多かった。

それから一週間というもの、私は朝から晩まで掃除に励んだ。

といっても、常日頃からきれいにしているうえに、長年に亘る主婦業で要領もいいから、それほど大変ではなかった。

「お邪魔いたします」

落ち着いた声がインターフォンから響いてきた。

出てみると、どこにでもいそうな普通のおばさんが立っていた。テレビで見た通りだったので、逆に驚いてしまった。きっと実物を見たら意外に美人だとか、思っていたよりずっとスタイルがいいなどと感じるだろうと想像していたのだけれど、全然そんなことはなかった。

「初めまして。大庭十萬里でございます」

いよいよ戦闘開始だ。

それにしてもダウンジャケットにジーンズという軽装で乗り込んで来るとは。

自分はといえば、何を着ようかと、この一週間さんざん迷った。上等なスーツやワンピースならたくさん持っているが、片づけの指導を受けるというのに、そんな仰々しい服装はおかしい。だからアイボリーのセーターとグレーのズボンを新調した。普段着に見えるだろうが、シルクなので実は高価だ。エプロンは前から欲しかったドイツのフェイラー社のを、この際だからと奮発した。三万円もした。

それなのに、十萬里が普段着で来るとは。

「この場所はすぐにおわかりになりはりましたか？」

「はい。角の郵便局を曲がったらすぐにわかりました。立派なお屋敷で目立ちますし」

「いいえ、そんなたいしたもんやあらしまへん」

謙遜してみせたが、実は自慢の我が家だった。角地に建つ二階家は、市の文化財に指定されてもおかしくないほど威風堂々とした純日本建築だ。黒塀は焼き杉で、家紋入りの銅の金具が打ちつけられている。お寺にあるような立派な石段を五段ほど上った先に門があるのもなかなかに威厳がある。

「今日はお嬢さんの睦美様からご依頼をお受けいたしておりまして」

「娘から聞いとります。でもなんと申しましょうか、うちは特に片づけるもんは……」

「あら、玄関が吹き抜けになってるんですね」

まだ私が話している途中だというのに、十萬里は玄関を上から下まで物珍しそうに見回して言った。

「この土間は奥まで続いてるんですか？」

「はい」

「この土間の黒土は、きっと何世代にも亘って踏み固められてきたんでしょうねえ」

「先々代が建てたらしいです。なんや生糸で大儲けした時代があったとかで」

説明しながら上がり框にスリッパを並べてやる。凹凸感のある優雅な織柄の白無地のスリッパだ。汚れが目立ちそうな代物なのにシミひとつない。テレビで放映されている、『汚部屋訪問シリーズ』に出てくるような、だらしない主婦ではないのだと、先制パンチを食らわしてやりたかった。もちろん、このスリッパは今日のために買ってきた新品なのだが。

大きな沓脱ぎ石には、ウォーキングシューズとつっかけが一足ずつあるだけですっきりしている。上がり框から続く樫の無垢材の廊下も艶があって埃ひとつない。どこから見ても完璧だ。

「こんな大きなお屋敷に、奥様はおひとりでお住まいなんですか」

「そうなんです。主人が亡くなりまして、息子は東京、娘は横浜で所帯を持っとるもんですから」

「お寂しいですね」

「いいえ、全然。お友だちも近所にたくさんいますし、書道や華道やと出かけることも多いですから」

「へえ、そうなんですか」

そう答えながら、十萬里は一瞬だが私をちらっと見た。まるでこちらの言葉を疑っているような目つきに見えたが、錯覚だろうか。

「それではお邪魔いたします」

十萬里は靴を脱いだ。

「東京からだと交通費も相当かかっとるでしょう。今日は日帰りされるんですか？」

探りを入れてみた。いったい睦美はいくら十萬里に払ったのか。お向かいの柴田さんの言うように、交通費と宿泊費は別料金となって嵩んでいるのだろうか。あとで睦美に払ってやってもいいが、それにしても馬鹿らしい。そもそも片づけ屋を呼ぶ必要なんてないんだから。

「今日は駅前にホテルを取りました。新幹線代も高いし、正直いって赤字です」

意外な答えだった。

「それでも、たくさんの申し込みの中から迷わずこの家に決めましたのは、千坪の敷地に三百坪の家というのを一度見てみたかったからです。東京に住んでおりますと、こんな大きなお屋敷での暮らしぶりを見る機会が滅多にないものですから」

「そうやったんですか」

意外に素朴な人物かもしれない。

今まで思い描いていた大庭十萬里像――口先だけで世間をうまく渡っている怪しげなおばさん――とは少し違うのかもしれない。

どっちにしろ、睦美が無駄な出費をしてなくてよかった。

「ざっと家の中を見せてもらってもよろしいですか。いつもは〈ざっと〉などではなく丁寧に見るんですが、これだけ広いと日が暮れてしまいますから」

隅々まで掃除しておいたので少し残念な気もしたが、あまり長居されても疲れる。

「ほんなら二階からどうぞ」

先に立って案内した。「二階に上がる階段が三つあるんですけど、今はこの階段しか使ってへんのです。とゆうても、二階に上がること自体、最近はほとんどないんですけどね」

二階には四部屋ある。すべてが八畳間に一畳分の床の間がついている書院造だ。普段使っていないので、うっすらと埃が溜まっていたのだが、十萬里が来るというので久しぶりに掃除した。畳の上には何も置いてないから、さっと掃除機をかけるだけで済んだし、床の間や障子の桟は雑巾で拭けば終わりだった。

二階の窓からは広い日本庭園が見渡せる。瓢箪の形をした池もあり、庭師による剪定も行き届いている。

「どの部屋もきれいにしてらっしゃる。四部屋のうち、奥のひと部屋に和ダンスと洋服ダンスがひとつずつあるだけだし、ほかに大きな家具がないから、本当にすっきりして」

十萬里が独り言のように、ぼそぼそと言う。もっと汚い家を期待して遠方からわざわざ来たのに、あまりにきれいで拍子抜けしたといったところだろうか。

「二階は問題ないですね。となると……一階を見せていただけますか？」

「はい、どうぞ」

一階に下り、いつも使っている六畳の居間に案内した。

真ん中にコタツがあり、壁に沿って小振りの整理ダンスや電話台やテレビなどが所狭しと置かれている。

「今はこの部屋しか使ってないんです。食事もここ、寝るんもここ、友だちがおしゃべりに来てもここなんです。家が古いもんやから、ほかの部屋は隙間風がすごくてね、冬は外にいるのと同じくらい寒いんですわ」

十萬里がぐるりと部屋を見回している。

何を片づけろと言うつもりだろう。確かに二階と比べたら雑然としているが、生活するには色々な物が必要だ。

「ここもきちんと片づいていますね」

十萬里の言葉にほっとする。

一階は、この居間以外に書院造の広い和室が二つと洋間がひとつある。洋間には大きな本棚があり、古い辞書や本がぎっしり詰まっていて、二十巻もある百科事典は箱が茶色く変色してしまっている。アップライトのピアノの横には昔ながらの大きなステレオもある。棚に整然と並べられている大量のLPレコードは、子供たちが中学高校時代に小遣いで買ったものだ。その隣にある、角をきちんと揃えて収納してあるVHSのビデオテープは、亡き夫がテレビのドキュメンタリー番組を録画した物である。

考えてみれば、子供たちと一緒に過ごした期間は驚くほど短い。高校卒業までのたった十八年間だけだ。その後は二人とも大学進学のために実家を出て、そのまま都市部で就職して所帯を持った。自分はいま七十八歳で、英樹はすでに五十五歳、睦美は五十二歳であるのに、その中のたったの十八年間だったとは……。平均寿命が延びて人生が長くなっただけに、親子一緒の期間があまりに短く感じられ、寂しいものだとつくづく思う。それに比べてお向かいの柴田さんは幸せ者だ。息子さんと離れて暮らしていたのは、息子さんが高校卒業後に都市部の専門学校に通っていた二年間だけなのだ。

「不用な物が少々あるとはいえ、きちんと整理されていますね」

十萬里は気の抜けたような声で言う。きっと指導のし甲斐がないのだろう。

「ほんなら次に水回りを案内しますわ」

家は古いが、浴室やトイレなどはリフォームしてまだ五年くらいしか経っていない。浴室には大きな窓がついていて風通しがいいせいか、カビも生えない。

「すごく清潔……」

十萬里の独り言が小気味いい。

「ほんなら次は台所へ。こっちですわ」

廊下を奥へ進む。

「広い台所ですね」

「十二畳あります」

ダイニングテーブルの上には、箸立てやら花瓶やら布巾やら調味料やらこまごまと置いている。そういうものは棚の中に全部片づけた方がおしゃれなのはわかっているが、目につくところに置いた方が便利だし、高貴な客が来るわけでもあるまいしと思ってそのままにしてある。

そのほかはすっきりしている。というのも収納場所がたくさんあるからだ。壁に沿って大きな食器棚が二つあるし、システムキッチンは長さが五メートルもあり、吊り戸棚も同じ長さだけある。それ以外にも天井近くに作りつけの棚が壁に沿って三方ぐるりとあり、床にも大きめの収納庫が二つある。

この前テレビで見たどらしない家庭のように、床に物がたくさん置いてあるわけじゃなし、ゴミ袋が山のように放置されているわけでもない。広々としていて爽やかな感じさえすると自分では思うのだが。

「ここもすっきり、ですね」

十萬里が戸惑う様子に満足した。やはり自分は正しかった。睦美の考え方が変なのだ。誰が見たって片づけ屋を呼ぶ必要なんかない。

「お嬢さんからは不用な物がたくさんあると伺っていたんですが……」

「睦美は帰ってくるたびに、あちこちの戸棚やタンスを開けては、あれも捨てろこれも捨てろって口うるさく言うんですよ」

「お嬢さんはよく里帰りなさるんですか?」

「いや……それが最近は忙しいらしくて、あんまり帰ってこないんですけどね」

「ああ、そうでしょうね」

えっ、今の、どういう意味?

十萬里は視線を感じたのか、「だって、お嬢さんは……」と言い訳するように言いかけて途中でやめた。

なんなのだろう。気になる。

多忙な睦美の事情を知っているということか。睦美が勝手に片づけを申し込んだとき、十萬里とは電話かメールで連絡を取り合い、そこで少しは雑談でもしたのかもしれない。

睦美は帝国ドリンクに勤めていて多忙な毎日を送ってはいるが、子供たちは大学生と高校生だから手はかからないはずだ。それなのに、いったい何がそんなに忙しいのか。年に一回くらい帰省してもよさそうなものだ。

ああ、そういえば……。

「睦美は女だてらに部長になったとかで、すごく忙しいようです」

「えっ？」

十萬里は目を見開いて私を見た。

「部長やなんて、びっくりされたでしょう。睦美は子供の頃から誰に似たんか利発な子でね、城南大学を出て帝国ドリンクに勤めてるんですわ」

「帝国ドリンク？　でもそれは確か……」

また言いかけてやめた。そのうえ目を逸らした。

なんなのだろう。

「で、お嬢さんが捨てた方がいいとおっしゃっているのは、例えばどういったものですか？」

十萬里は話題を元に戻した。

はぐらかされたみたいで、なんだか嫌な感じ。

単なる気のせいだろうか。

「睦美が捨てろって言うのは、そうですねえ、例えば……」

スリッパを脱いでダイニングの椅子の上によじ登り、吊り戸棚の扉をひとつ開けてみせた。中には炊飯器が二つ入っている。

「あれ？　それはどちらも炊飯器ですよね」

十萬里が見上げて言う。「でもワゴンの上にも炊飯器がありますよ。ということは、合計三つもお持ちなんですか？」

「そうなんです。電気製品はどんどんええのが出てくるでしょう。遠赤外線やとか炭火やとか。そのたんびに欲しくなって買ってしまうんです。でも、前に使ってたのも壊れてないから捨てるのももったいないのうてね」

「でも、古いのを使うことはこの先もないでしょう。お捨てになった方がいいですよ」

「娘もそう言うんですわ。ほんでもいつ何が起こるかわかれへんでしょう」

「と言いますと？」

「うちは本家でしょう。主人は八人兄弟の長男ですから、盆正月になると大挙して親戚が来た時代があったんです。そのうち舅(しゅうと)が亡くなり、姑(しゅうとめ)が亡くなると、主人の兄弟たちの足は少しずつ遠のいていきましたけどね」

「それはいつ頃の話ですか？」

「舅が亡くなって、かれこれ三十年、姑が亡くなったのはその一年後やったかな」

十萬里は固く口を結んだまま、ちらりと私を見てから溜め息をついた。

なんて感じが悪いんだろう。

「じゃあ、大勢の食事の用意をしたというのは、ずいぶん昔のことなんですね」

「いえいえ、そのうち子供らが結婚して小さい孫たちを引き連れて一家全員で帰省するようになりましたでしょう。あの頃はもうそら大変で大変で」

当時の様子が思い浮かぶ。孫たちが廊下を走り回り、賑やかだった。

「お孫さんたちは今も遊びにいらっしゃるんですか？」

「中学生になった途端、来なくなりましたけどね」

「今はおいくつなんですか？」

「長男の孫が二人とも女の子で、もう大学を出て働いてますんですわ。娘んところは男の子二人で、大学生と高校生です。みんなそれぞれに忙しゅうて、もうずいぶん会ってません」

「じゃあやっぱり炊飯器は一台で十分ではありませんか？」

「そうはいかんでしょう。いま使ってる炊飯器だっていつかは壊れる。そのとき私が何かの事情でごっつい貧乏になっとって、買い替えるお金がないことだってあるやもしれません」

「貧乏？　例えばどういった事情で？」

「それは……わかりませんけども、今や百歳まで生きる人だってザラですからね。私は百歳までにまだ二十年以上あるんですわ。生活費に最低でも毎年三百万円くらいは要るとして……二十年生きたら六千万円。病院代や家の修繕費なんかを足したらもっとたくさん要ります」

「たいへん失礼ですが、現在の収入はおいくらぐらいですか？」

「主人の遺族年金が毎月二十四万円と、貸家二軒の家賃収入が月十万円ほどです」

「そんなに収入がおありなら、恐れるものなんか何もないじゃありませんか」

「そやろか……」

「貯蓄もかなりの額お持ちなんでしょう？」

「それはまあそうやけども……ほんでも寄付もよう頼まれますしね」

「寄付とは？」

「去年は、神社の補修工事に十万円、町内会の会館建設に五十万円、寺の本堂建て替えに百五十万円も出したんです」

「それは一世帯あたりの金額ですか？」

「そうなんですわ。田舎はみんな見栄を張りますでしょう。出さざるを得ないんです」

「田舎に住むのもなかなか大変ですね」

やっとわかってくれたようだ。

「でも、奥様の経済事情からすると、寄付もたいした額には思えませんが」

「そうでしょうか……」

どうもすんなりと会話が運ばなくて嫌な感じがする。

十萬里は腕組みをして宙を睨み、「なるほど、そういうことだったのか」と独り言のようにブツブツつぶやいたかと思ったら、ひとり納得するように何度もうなずいた。

何が〈なるほど〉なのか。何が〈そういうことだった〉のか。

やっぱり少し気味の悪い人だ。

「棚の中には炊飯器以外にどんなものがあるんですか？　すみませんが、そこの棚を全部見せていただいてもいいですか？」

「ええ、もちろん。どこでも自由に開けてくださって結構ですよ」

十萬里の出るテレビ番組だと、依頼者は棚を開けるたびに恥ずかしそうな顔をするが、自分は堂々としていられる。棚の中だろうがタンスの抽斗だろうが、すべて完璧に整理してある。もしかしたら、十萬里の家よりもきれいなのではないか。主婦の鑑（かがみ）だと感心して帰るだけだとしても、料金を取るのだろうか。料金は睦美の方で持つと言ってはいたが、誰が出そうともったいないことに変わりはない。

十萬里は自らダイニングの椅子の上によじ登って隣の扉を開けた。そこには、重箱や弁当箱や水筒やプラスチック容器などが入っている。

「奥までぎっしり詰め込まれてますね」

詰め込むというような言い方はやめてもらいたい。

「きっちり重ねて入れとるんですわ」

「重箱はどれもプラスチックですね」

「デパートで買ったお節料理の容器なんです。どんどん溜まってしまいましてね。といっても最近は注文してません。子供らも孫らも親戚も来なくなったのでね」

「じゃあお正月は、奥様の方からお子さんたちのおうちに出向かれるんですか？」

「いえいえ、この家でひとりで過ごしてます」

十萬里の目が嫌だった。まるで「かわいそうな人」を見るようだ。

「その横の花柄のは和菓子が入っとった容れ物です。その上に重ねてあるんはコンビニ弁当の容器なんやけど、あんまりかわいらしいから何かに使えるやろと思って取ってあるんですわ」

「だけど、どれも色褪せて表面がべたついてますよ。換気扇の油汚れと同じです。揚げ物なんかをするたびに、蒸発した油が扉の隙間から忍び込むんです。それが少しずつ蓄積していったんでしょう」

何を言ってるのだろう。使うときには洗うに決まっているじゃないか。

まっ、こびりついた油汚れを取るのは大変だけど。

「水筒もたくさんありますね」

「はい。子供らが小さかった頃、家族で海水浴に行くときなんかに使ったんです。いつかまた孫たちとハイキングでも行ければええなあと思いましてね、それで取ってあるんです」

「お孫さんと、ですか？　もう大人ですよね」

そう言うと、十萬里はじっとこちらを見た。「実際は、この水筒も長い間、使っていらっしゃらないでしょう」

「はい、使ってません。だって昔のステンレスの水筒って重いんやもの。お弁当箱にしたって、最近は二段重ねの洒落たのがようけ売っとりますでしょう。ほやからこっちのを使おうと思っとるんです」

私は食器棚の下段の引き戸をがらがらと開けた。そこには色とりどりの弁当箱が三つ入っている。水筒も最近はやりの形をした桜色のとメタルブルーのがある。

「新品ですね。まだ値札がついたままじゃないですか」

「ええ、そうなんですわ。孫にプレゼントするのもええかなと思って多めに買っといたんです。もう私も年寄りですから、海水浴には行かんとしても、子供らと花見にいくかもしれんし」

「でしたらこちらの棚にあるのはお捨てになった方がいいですよ。もう変色しています。

きっと今後もお使いにならないでしょう」

「そうとも限りませんやん。将来、何があるかわかりませんからね」

「将来、と言いますと？」

「この前の大地震のとき、津波でなんもかも流される映像を十萬里さんだってテレビでご覧になったでしょう。あんなん見たら誰だって物を捨てられないようになりますよ」

「どう考えてもここに津波は来ませんよ。この町は海から百キロ以上離れています」

「十萬里さんて、結局は娘と同じことをおっしゃるんやね。ちょっとがっかりやわ」

思わず不機嫌な物言いになってしまったが、十萬里は動じることもなく、じっと私を見つめている。

「十萬里さん、あのですね、津波ゆうのはもちろん比喩でっせ」

もしかしたら本当にこの町に津波が来ると思っているととられたかもしれない。そう思い、慌てて付け加える。「人生いつなんどき何が起こるかわかれへんと言いたかっただけです」

それでも十萬里は何も言い返さず、これみよがしに大きな溜め息をつくと、隣の扉を開けた。

えっ？　なんなん、この人。性格悪すぎやわ。

「茶托が詰め込まれていますね」

詰め込んでいるのではない。きちんと並べているだけだ。

「一セット十枚で十セット以上ありますよ。金蒔絵の輪島塗りのもの、朱色の漆塗りのもの、鎌倉彫のもの、梅の花を象ったもの、欅の木目を生かしたもの、銅製のもの」

十萬里はそこで言葉を区切り、ふうっと息を吐いた。

「銅製のは緑青が吹いとるでしょう」

指摘される前に言ってしまおう。「銅製のは先祖伝来のもんやから捨てられへんのですわ。かとゆうて、使わんのに手入れするんも面倒やし。そのうち息子の嫁に引き継ごうと思っとります。娘にやろうと思ったんですが、娘は要らんて言うもんですから」

十萬里はまたもや返事をせずに隣の扉を開けた。

「寿司桶が大中小ひとつずつ。お盆は丸い形のが五つ、長方形のものが大中小それぞれ二つずつ、八角形のものもあります」

「寿司桶は、ばら寿司を作るときに使うんです」

「おひとりでも作られるんですか？」

「いやいや、お客さんがきたときだけですけど」

「お客さんというと？」

「最近は、近所に住む主人の妹がちょくちょく来るくらいですけどね」

義妹の丸っこい顔が頭に浮かんだ。彼女は子や孫に囲まれて生活している。だからなのか、いつも安心しきったような気楽な顔をしている。羨ましくてたまらない。

「義妹（いもうと）さんが来られたときに、お寿司をお作りになるんですね」

「えっと……よう考えたら、ここ何年も作ってないかな。義妹が来たときもたいした御馳走は作らなくなりました。それどころか、お寿司の出前を取ったり、出来合いの総菜を買ってきたりで、今風に簡単に済ませています。そこにあるトレーはもらいもんばっかりですわ。ベークライトでできた安物は、重くてごっつい使いにくいですから、普段はこっちのを使ってます。やっぱり木製の方が軽（かる）うて風合いもええですから」

そう言って、私は電子レンジの上に重ねてあるお盆を指差した。

「だったら棚の中にあるのは全部捨てたらどうですか」

「えっ、全部？　ほんでも……使えるもんばっかりですやん」

十萬里は何も言い返さずに棚を閉め、隣の扉を開けた。

聞こえなかったのだろうか。

それとも無視したとか？　だとしたら、とんでもなく感じが悪い人だ。

十萬里が開けた扉の中には、鍋やフライパンが入っていた。新品のも古いのもある。

「その大きな鍋はテレビの通販で買ったんです。大中小三つで二万円でした。三層構造とやらで、ご飯も炊ければ煮物もシチューもおいしくできるゆうてテレビで実演しとったんです。鍋やのにフライパンみたいに餃子まで上手に焼けるんですわ。まるでこれさえあればプロの料理人だっていうような演出には、ほんと騙されました。届いてみたら重いのなんのって、もうかなわんわ」

「返品できなかったんですか？」

「通販で買ったもんをわざわざ返す人なんておるんでしょうか。そんなん面倒やから普通は泣き寝入りでしょう。それに、若い人やったら少しくらい重くても使うんやないかと思って、娘か嫁にプレゼントしようと思ったんですけど、二人とも要らんて言うから呆れて物が言えません。プレゼントを断わるやなんて礼儀知らずにも程がありますやろ」

「普段使っていらっしゃる鍋やフライパンはどこにあるんですか？」

十萬里は、相槌を打つという会話の基本を知らないのだろうか。どうも会話が嚙みあわない。

「普段のはここですわ」

私はガスレンジ下の扉を開けた。

十萬里は椅子から下りると、私の傍に寄ってきた。フライパンが大中小ひとつずつ、玉子焼き器、鍋は大中小それぞれ二つずつ、大きな土鍋もある。

「それにしても、台所がこうも広いと収納が多すぎて……」

十萬里は言いながらあらためて台所をぐるりと眺めた。

「そうなんですわ。システムキッチンが五メートル近くもあるから、扉の数も抽斗の数もようけあるでしょう。収納場所が多いと、ほんまに便利なんです」

「便利って……。奥様、ここも開けてみてもよろしいですか?」

十萬里がシステムキッチンについている抽斗を指差した。

はて、何が入ってるんだったか。多すぎて覚えていない。しかし、念入りに掃除してあるから、どこを見られても恥ずかしくないことだけは確かだ。

「どうぞどうぞ。ご自由にどこでも開けてみてください」

「ずいぶんと重いですね」

十萬里が力を入れてぐいと引っ張ると、乾電池がぎっしり詰まっていた。

「そうやった。そこは乾電池やったんやわ。使用済みなんか未使用なんかわかれへんようになってしまいましてね、歳を取るゆうのは全く情けないですわ」

「奥様、電池の残量を量る道具をご存じですか? 百円ショップでも売ってます」

「知っとります。実は買ったことがあるんですけどね、それをどこに置いたんやら……。それに買ったんはええけど考えてみたら一個一個、調べるのも大変でしょう。いつか時間を見つけて調べようとは思ってるんですけどね、つい面倒で。だから新しいのを買いに走ってしまうんですわ」

「なるほど……そうですか。で、こちらの背の高い家具はなんですか?」

十萬里が指差した家具は、扉も木製なので中が見えない。

「それは食品庫として使っとります。どうぞ、開けてみてください」

十萬里が扉を開けた。

「ラップが大小それぞれ七本ずつですね。それとアルミホイルが一、二、三……全部で八本」

何も口に出して数えなくてもいいではないか。責められているような気になる。

「それと……サラダ油が五本、胡麻油が二本、花瓶が五個、日本酒の一升瓶が三本、味(み)醂(りん)が二本、干し椎茸が三袋、高野豆腐が五箱、上白糖が三袋、三温糖が二袋、ザラメが一袋、塩が二袋、ホットケーキミックスが三箱、豆板醤が二瓶、マヨネーズとケチャップが三本ずつ、味ぽんが五本、粉チーズ四個、米酢が五本、醤油が三本、カレー粉が五箱、だし昆布が三袋、とろろ昆布が三袋、切干大根が二袋、ひじきが三袋、干瓢(かんぴょう)が五袋、黒胡麻と白胡麻がそれぞれ二袋ずつ」

十萬里はそこで溜め息をついた。これ見よがしと言ってもいいほどの大きな溜め息だった。そこで数えるのをやめるかと思ったのに、十萬里は続けた。「鰹節の大袋が四つ、煮干しの大袋も四つ、寒天が五本、煎茶とほうじ茶と玄米茶と抹茶入り玄米茶と麦茶がそれぞれ三袋ずつ、インスタントコーヒーの瓶が二、四、六、八……全部で十五本、紅茶のティーバッグの大箱が三つ、普洱(プーアール)茶と茉莉花(ジャスミン)茶と鉄観音の缶がそれぞれ四缶ずつ、ビーフンが二袋、春雨が三袋、永谷園のお茶づけ海苔が三パック、おとなのふりかけが五パック、素麺やら冷麦やら蕎麦やら讃岐うどんなどの乾麺が二、三袋ずつ、インスタントラーメン五個入りパックが三つ、小麦粉とパン粉と片栗粉がそれぞれ三袋ずつ、焼き海苔と味付け海苔が二袋ずつ、マギーブイヨンが三袋、鮭フレークが五瓶、ドレッシングと焼き肉のたれが三本ずつ、マカロニとスパゲティが三袋ずつ、ブルーベリージャムが二瓶、鯖缶が三つ、パイナップルの缶詰とみかん缶が三個ずつ、ツナ缶が十二個、歌舞伎揚とクッキーと黒胡麻煎餅と」

また十萬里はそこで言葉を切って溜め息をついた。「ええっと、あとは……もう、いろいろ」

「安売りのときに買っておいたんです。主婦としての基本ですからね」

わかります、とか、私もそうです、と言うと思ったのに、十萬里はすっと目を逸らした。

「戦争を経験している世代の生活の規範がここにはありますね」

十萬里は、いきなり本を読んでいるかのような話し方に変わった。「いざというときに困らないよう、生活必需品は買い置きしておく。今は要らなくても、いずれ必要なときがくる。安いときに買い溜めし、人様から頂いたものも大切にとっておく。物不足に陥ったとき、聡明な主婦の本領を発揮しなければ家族を救うことができない。豊かでなかった時代を生き抜いてきた人々の知恵でもあります」

なんだ、わかってるじゃないか。

十萬里は五十代だから戦争の経験はないにしても、戦中派の親を見て育ったのだろう。

「だけど奥様、それは今の時代には合いません。時代遅れです」

「そやろか。いつの時代でも予備は要るやろと思いますけどね」

「おっしゃる通りです。但し一個ずつで十分なんです。ここはスーパーも徒歩数分のところにあります。ならば予備なんかひとつも要りません。スーパーを冷蔵庫代わりにすればいいんです」

今朝のスーパーのチラシをふと思い出した。安売りしている砂糖と醬油にマジックで大きく丸をつけた。十萬里が帰ってから買いにいこうと思っていたのだが、やめた方がいいだろうか。

「棚の中にあった予備の物は多すぎて、奥様が生きてる間に使いきれないかもしれませんよ」

「は？」

そんな縁起でもないことを、年寄りを目の前にしてよくも言えたものだ。

「あのね十萬里さん、私は子や孫が突然来ても困らないように準備万端整えておきたいんです。息子は高野豆腐や干し椎茸の煮物が好きやから乾物は切らさんようにしたいし、それに……」

「ちょっと待ってください。息子さんが最近ここにいらしたのはいつですか?」

「えっと……確か、三年ほど前の正月だったでしょうか」

「三年前、ですか……」

「孫たちはグラタンや鮭フレークのおにぎりが好きやから、そういったもんも切らすわけにはいかんのですわ」

「お孫さんたちが最近いらしたのはいつですか?」

「ええっと、夫の葬儀のときやからもう六年になるかな」

「六年前……」

「嫁の夏葉子(かよこ)さんは春雨サラダが好きなんですわ。だから春雨を買ってあるんです。それに、みんなで焼き肉をするときはタレがたくさん要りますでしょう。それぞれ辛口だ甘口だと好みがありますしね」

「息子さんのお嫁さんも六年前から来ていらっしゃらない?」

「いいえ、夏葉子さんは三年前の正月に英樹と一緒に来ましたよ。一泊で帰りましたけど」

　話すうち、自分が見捨てられた老婆みたいな気がしてきた。

　ふと顔を上げると、十萬里がじっと私の横顔を見つめていた。

「ご近所でも後継ぎがいらっしゃる家ばかりじゃないでしょう」

驚いた。まるで人の気持ちが読めるみたい。

「そりゃそうです。あれは去年でしたか、お隣の家の奥さんがケアマンションに入られたんです」

お向かいの柴田さんを始め、近所の人はみんな同情していた。子供たちと同居している老人ばかりの中で、明日は我が身だと感じたのは、たぶん自分だけだろう。だから本当の気持ちは誰にも言えなかった。

「お隣というのは、立派な松の木のある、売り出し中のお宅ですか？」

「そうです。間宮さんというおうちですわ。ご主人が亡くなられたあと、奥さんのひとり暮らしでした。息子さんが二人いてはるんですけど、どっちも秀才でね、ご長男はボストン、次男さんは東京で暮らしておられるということです。将来もこの町には帰ってこないときっぱり言われたらしくて、間宮さんは温泉付きのケアマンションに入られました」

「御子息が都市部や外国でご活躍であれば、やはりそうなるでしょうね」

十萬里が当然のように言ったので、ふっと気を許してもいいような気がした。近所の奥さんたちは同情するだけで、十萬里のように言う人はひとりもいない。

「お隣のおうちは、広さはどれくらいですか？」

「土地が二百坪くらいでしょうか。うちほどではありませんが部屋数も多いですよ」

「いま売り出し中ということは、家の中はきっと何もないんでしょうね」

「そうなんでしょうね」

「入所されたケアマンションの広さをご存じですか」

「はい。入居者募集のチラシを見たことがあります。確か八畳くらいの洋間にミニキッチンがついてたんやなかったかな」

「そこは、ここから遠いんですか？」

「いえ、バスで十五分くらいですわ」

「もしも奥様がその施設に住まわれるとしたら、そこに何を持っていかれますか？」

「あそこはクローゼットがあるから、家具の持ち込みは二点のみと決められてるようです。私なら、そうですねえ、嫁入り道具の鎌倉彫の鏡台でも持っていきますか。それと、テレビに炊飯器に電子レンジに……いや、食事は食堂でするんやった。となると、着替え、タオル、歯ブラシ……まるで旅行に毛が生えたくらいのものしか持っていけませんね」

「お隣の間宮さんという方は、持っていけない物はどうされたんですか？」

「業者に頼んで処分してもらったようです」

話すうちに、どんどん悲しくなってくる。

「十萬里さん、嫌ですねえ。歳を取るってことは」

「お年寄りの中には、今がいちばん楽しいとおっしゃる方も大勢いらっしゃいますよ」

「そりゃあ一日二十四時間すべてが自分の時間ですもの。お金の心配も要らんし、夫の顔色をうかがうこともない。楽しいといえば楽しいですが、なんや不安でね」

「お隣の奥様のことをどうお思いですか。子供に捨てられて惨めだとかかわいそうだとか、思ってらっしゃる？」

「ええ少し。でもね、あんな立派な息子さんたちですから、こんな田舎には戻ってこんでしょう。それは仕方がないと思いますよ」

「お宅の息子さんやお嬢さんはどうですか？」

「お隣のお坊っちゃんたちほど優秀じゃありませんけど、うちの息子も娘も小学校の頃からしっかりしていて、私の自慢やったんです。皮肉なもんですわ。近所を見回してみても、優秀な子は田舎には帰ってこん傾向があるように思うんです。厳しい都会生活の中でも頑張って仕事をして家を買って地盤を築いてますからね。それがわかっているのに帰ってきてほしいなんて、年寄りの我儘（わがまま）だと十萬里さんは言いたいんでしょう」

十萬里は肯定も否定もしなかった。

「奥様、一度その間宮さんという方が入所しておられるケアマンションを見学なさったらいかがですか？」

「は？　なんのために？」

「将来のためにです。早めに見ておかれた方がいいでしょう」

なんて失礼なことを言うのだろう。

まるで私が子供たちに見捨てられるのが決まっているみたいじゃないか。片づけ屋にそんなことまで言われる筋合いはない。

「見学になんか行きません。私は関係ないですから」

思わず強い口調になってしまった。

「……そうですか」

十萬里はそう言ったきり黙った。

「では次に」

十萬里は何かを吹っ切るように顔を上げた。「冷蔵庫の中を拝見してよろしいですか？」

「はい、どうぞ」

「ひとり暮らしにしては大きい冷蔵庫ですね。といってもご主人がお元気だった頃からお使いなんでしょうけど」

「いいえ、主人が亡くなってから買い替えたんです。省エネのええのが次々に出ますでしょう。作り置きの総菜がたくさんあるんで、これでも小さいくらいですわ」

　十萬里は冷蔵庫を開け、ずらりと並んだ密閉容器をじっと見つめている。

　ちゃんと常備菜を揃えておくなんて主婦のお手本ですね、などと、何かひと言あってもよさそうなものだ。それなのに、十萬里は無言のまま冷蔵庫をぱたんと閉めた。

　何を感じたのか、何を思ったのか、ポーカーフェイスからはうかがい知ることもできない。

　十萬里は次に冷凍室を開けた。「これらの容器には何が入ってるんですか？」

「例えばこっちのは銀杏ですわ。茶碗蒸しに使うんです。毎年秋になったら銀杏拾いに行って冷凍しとくんです。こっちのは蕗とゼンマイです。春になったら、お友だちと山に採りに行くんです。こうしておけば一年中食べられますからね」

　栗の渋皮煮やらジャムやらマーマレードやら桜の花の塩漬けやら筍の茹でたのやら紫蘇の実の煮たのやら山椒の実の煮たのやらえんどう豆の茹でたのやら柚子の皮を刻んだのやら……手作りの総菜を次々に説明してやった。

「こっちの真っ赤なのは何ですか？」

「梅干しを作ったときの紫蘇を引き上げたもんですわ。刻んで食べるとおいしいんです」

「こっちの豆は？」

「それは小豆の煮たのです。煮ておきさえすれば、子や孫が急に赤飯が食べたいと言い出したり、どうしても今すぐおはぎが食べたいなんて言ったときにすぐに使うことができますからね。最近の若い女性はこういう工夫ができませんでしょう」

「お嬢さんがいらしたときは、こういったお袋の味をごっそり持ち帰られたりするんですか」

「それがね、要らないって言うんですわ。霜がついてておいしくないって。銀杏や蕗をそこまでして年中食べたいのかって馬鹿にするんですよ」

「なるほど」

何が〈なるほど〉なのか。

娘の意見が正しいとでも言うつもりなのか。

「お嬢さんが捨てるようにおっしゃるのは、台所にある色々な物のことですね」

「台所だけやありません。使ってない物は全部捨てろって言うんです。たまに電話してきたと思ったら、開口一番、押し入れの中の不用品は捨てたのかって聞くんです。私が捨ててないって答えたら、あれだけ言ってもまだ捨ててないのかって怒るんですよ。わけがわかりません」

「押し入れ？　どの部屋のですか？」

「全部です。もちろん、ちゃんと整理整頓してるんですよ」

「押し入れを全部見せてくださいませんか？」

「もちろん」

どれだけきれいに整頓しているか、見せて自慢したいくらいだ。

再び二人で二階へ上がった。

端の部屋から押し入れを開けて十萬里に見せた。そこには寝具を八組ほど入れてある。

「隣の部屋もここと同じように蒲団が入っとります。うちは本家やから、蒲団がようけ必要なんですわ」

「最後に使ったのは、ご主人のお葬式のときですか？」

「いえ、そのときは遠くから来た親戚には駅前のビジネスホテルや旅館に泊まってもらいました。もうそういう時代やないですか？　人を家に泊めるんは、ほんと疲れますからね」

聞いてるのかいないのか、十萬里は力をいれて「よいしょ」と言いながら、真ん中あたりの蒲団を一枚引き出した。

「長い間使っていないとおっしゃる割にはカビも生えていないし、埃もないですね」

「そりゃあそうですわ。ときどきは干してますんで」

「使う予定もないのに、ですか？」

「だってカビが生えたらもったいないでしょう。これ、呉服屋で誂えた上等品なんですわ」

「でも、もう要らないんじゃないですか？」

「それはそうなんやけど、まだ使えますしね」

「使えるかどうかでなく、使わないものは捨てた方がいいですよ」

「は？　そもそも蒲団を捨てるやなんて私には考えられません。戦前の物のない時代に育ってますしね。それに、またいつか子や孫が大挙して遊びに来ないとも限らないでしょう」

十萬里は何も言わずに蒲団をじっと見つめた。

普通なら、そのお気持ちわかります、とか、戦前世代はみんなそうです、などと、少しは理解を示す言葉を言うのではないだろうか。これほど愛想のない女性は見たことがない。よくも今までこの日本で生きてこられたものだ。

「次の部屋を見せてください」

十萬里は平然と言い放った。

どの部屋もほぼ同じ造りで、それぞれに一間分の押し入れがある。掛け軸やら木彫りの置物やら大きな壺やら七段飾りの雛人形やら鯉のぼりやら五月人形などをしまってある押し入れや、茶道具ばかりを入れている押し入れもある。

「思い出が詰まった大切なもんばっかりですわ」

「思い出、ですか……」

ぽつりとそう言ったきり十萬里は口を閉じて、次の部屋へ足を運んだ。

「こっちの紳士物のスーツはどなたのですか?」

その部屋の押し入れは、中段を取り払い、上にパイプを通して洋服掛けに改造してある。

「それは亡くなった主人の背広です」

「これらはどなたかに差し上げるおつもりですか」

「そういうわけでもないんですが」

「ご主人がお亡くなりになったのはいつですか?」

「かれこれ六年になりますわ。形見分けしようと思っとったんですが、主人は昔の人間ですから身長が百六十四センチで、しかもかなりでっぷりとしていまして、親戚にそういった体形のものがひとりもおらんもんやから」

「仮に似たような体形の親族がいらしたとしても、型が古くて着ないでしょう」

「捨てろとおっしゃりたいんでしょうけど、昔のはとってもモノがいいんですよ。ウール百パーセントのものばかりですから」

十萬里は手を伸ばしてハンガーごと一着取り出した。「やっぱり昔のウールはすごく重い」

そう言って、私の目の前に突き出す。

「そうですか？」

十萬里の手からハンガーを受け取る。「あらほんとやわ。重たい」

だからと言って捨てるわけにはいかない。上質には違いないのだから。

それに、夫の物をすべて捨ててしまったら、本当にひとりぼっちになってしまう気がする。思い出もみんな消えてなくなるみたいで怖かった。夫の物が全部消えた押し入れを想像しただけで気分が沈む。

「奥様のコートだけで十着以上ありますね。スーツやワンピースは古い型のものも多いですね。あれ？　この小さな赤いワンピースはどなたのです？」

「それは娘が小学生のときにピアノの発表会用に作ってやったものです」

「お嬢さんの物はお嬢さんにお渡しになったらいかがですか？」

「娘も要らないって言うんです。残念ながらもう孫娘も大きくなりましたから着ませんしね」

「使いきったと考えることはできませんか。もう役目は終わったと思えば捨てられますよね」

「そうはいきませんわ。虫も食ってないんやし、まだきれいなんやから」

「押し入れは、思い出のかたまりか……」

十萬里はじっと赤いワンピースを見つめてつぶやいた。「奥様は、物を捨てることに対して、何か不安感みたいなものをお持ちなんでしょうか？」

「はい、少し。漠然と不安な気持ちになると言いますか……」

そう言うと、十萬里は合点がいったというように、大きくうなずいた。

いったい何が言いたいのだろう。能面のような表情からは何も読みとれない。

「奥様、次の部屋に行きましょう」

隣の部屋の押し入れは、すっぽりと整理ダンスを収めてある。私が抽斗をひとつ開けてみせると、ストッキングが行儀よく並んでいるのが見えた。

「ちょっと数えてみましょう。一、二、三、四、五……」

十萬里は声に出して数えはじめた。「八十九、九十、九十一、全部で九十二足ですね。未使用が五十二足です。全部、奥様のものですか？」

「そうです。安売りしてるとついつい買ってしまうんですわ。急にお葬式に行かんならんときに慌てて買いに行くと定価だったりするでしょう。あれは馬鹿馬鹿しいです。だから普段から目を光らせておいて、安いときに買っとくというのは、生活の知恵ですわ」

「でも、ここにあるのは新品ばかりじゃないですよね」

「丸めてあるのは洗濯済みのもんですわ。伝線してないのに捨てるわけにはいかんしね。かといって冠婚葬祭のときは新しいのを穿きたいですよ。だってぴしっと気が引き締まりますでしょう。だからどんどん新しいのをおろしてしまうんですわ」

「大変失礼ですが、奥様はもうMサイズはきついのではないですか？」

「どうしてわかるんですか？」

「だって、M、L、LLが混在しているってことは、そういうことでしょう」

「十萬里さんて、鋭いですね」

そう言うと、十萬里はいきなりにやりと笑った。

気味が悪かった。

この家に来てから笑顔を見せたのは初めてだ。

もしかしてこの人、褒められたくてたまらないタイプなのだろうか。

ああ、そういうことか。十萬里にとって、私は客ではなくて生徒なのだ。なんせ指導するために来ているわけだから。

日頃テレビや雑誌では大先生のような扱いを受けているから、持ち上げられることが普通になってしまっているのかもしれない。

「ストッキングは処分しましょう」

十萬里が断言するように言った。

「でも、捨てるのももったいないし」

「じゃあ、お嬢さんにお譲りになったらいかがですか？　母娘といえどもお古のストッキングなど穿きたくないでしょうが、新品なら受け取ってくれるんじゃないですか？」

「それもそうやけどねえ……じゃあ、今度また聞いてみますわ」

「いま電話なさったらどうでしょう。先延ばしにするといつまでも片づきませんよ。ひとつひとつを確実に片づけていきませんとね。お嬢さんはこの時間帯はお留守ですか？」

射るような目で私を見つめているのはどうしてだろう。十萬里の頭の中はいったいどうなっているのだ。見当もつかない。

「今日は土曜日やから家におるとは思いますけどね。でも……」

気が進まなかった。

いつ頃からか、睦美は苛々した声で電話に出るようになった。つっけんどんで話しづらい。特に用がないとわかるとすぐに切ろうとするから、悲しくなって涙が出そうになる。こういうとき、ひとり暮らしはつくづくつらいものだと思う。

——睦美ったらどうしたんやろね。つんけんして。

愚痴を聞いてくれる人が誰もいない。電話を切ったあと、静まり返った家の中にひとりでいると、この世の中で自分ひとりだけがぽつんと取り残されたような気になる。

エプロンのポケットから携帯を取り出す。十萬里がじっと見つめているから仕方がなかった。

「もしもし睦美？　ストッキング要らん？」

元気にしているかなどと尋ねたりしたら、用件を先に言ってちょうだいと怒鳴るように言うだろう。だから、初っ端から用件を切りだした。

――いきなりなんなの？　ストッキング？　要らないよ。

「なんで？　新品のもたくさんあるのに」

――スカートなんか穿かないもん。

「会社にもズボンで行っとるんか？」

――会社？　ああ、会社か……。

急に声が小さくなった。

――まあ、どっちにしろ、私は要らない。とにかくね、ガラクタ残したまま死ぬのだけはやめてよね。いま忙しいから、また今度電話する。

いきなり電話が切れた。

ほんと、かわいげのない子。

いつだって「また今度電話する」と言うけど、かかってきたためしはない。

でも、久しぶりに声が聞けて嬉しかった。機嫌は悪そうだけど、一応は元気そうだ。

とはいうものの、睦美の声から不幸の匂いがする。何かあったのかと聞いてみたいのはやまやまだけど、あの態度では取りつく島もない。

「ストッキングは要らんそうですわ。いつ頃からやったか、娘は『私はいつ死んでもいいように、持ち物は整理整頓してる』なんて偉そうに言うんですよ。縁起でもない」

十萬里は黙ったままだ。普通なら、あらまあ、ほんとに縁起でもない。お嬢さんはまだ五十代でしょう、死んだあとのことを考えるなんて早すぎますよ、とかなんとか言ってくれるのが常識ってもんじゃないだろうか。お向かいの柴田さんなら絶対に言ってくれる。

「裏庭に土蔵があるんですが、そちらもご覧になりますか？」

さっさと全部見せて、一刻も早く帰ってもらいたくなった。

「拝見させていただきます」

土間を奥へ突っ切ると日本庭園が広がっていて、その庭の向こう側に二階建ての土蔵がある。

「土蔵も広くてがらんとしてる……」

独り言なのか、十萬里はぶつぶつとつぶやいている。「どうも勘が狂う」

「は？」

「このお宅は、さほど物がたくさんあるという感じはしないんですよ」

「はい、きちんと整理しとりますからね」

「そういう意味ではありません。これまで私が東京のマンションばかりを見てきたせいでしょう。この家は広くて収納場所がたくさんあるから、物が溢れているという感じがしないだけです。本当は不用な物がたくさん詰め込まれた家です」

「あれ？　この電子レンジはなんですか？」

入り口の近くに電子レンジを二台、積み重ねて置いてある。

「それは五年ほど前まで使っとったもんです。ほら、スチームの出る電子レンジが出たでしょう。あれに買い替えたんですわ。私って案外と新し物好きなんです。でも、前のも壊れてないから捨てるのもったいないのうてね」

「奥様、まさかこの冷蔵庫も？」

「地球温暖化や電力不足が叫ばれとるでしょう。やっぱり日本の将来を思うと、省エネのでないとあかんと思いましてね」

「ですが、これは家電四品目ですよ」

「カデンヨンヒンモク？」

「家電四品目というのは、エアコン、テレビ、冷蔵庫、洗濯機のことで、市の粗大ゴミには出せないんです。新しいのに買い替えたときに電器屋に引き取ってもらわないと、あとで面倒なことになるんです。引き取ってくれる業者を自分で捜さなきゃなりませんし、そうなると家電リサイクル料以外にも引き取り料が必要で、これが結構高いんですよ」

「へえ、そうやったんですか」

十萬里は怒ったような顔で溜め息をついてから、気持ちを切り替えるかのように「立派な長持がありますね」と低い声で言った。

「姑が嫁いできたときの花嫁衣装が入っとるんです」

開けてみせた。金襴緞子の花嫁衣装が目に飛び込んでくる。「もうぼろぼろなんですわ。生地がだめになってますから」

「ほかの長持には何が入ってるんです？」

「あっちの長持には昔の陶器や漆器が入っとります。あとはカーテンとか」

「カーテン？」

「私、カーテンを買い替えるのが好きなんですわ。それだけで部屋の印象ががらっと変わりますでしょう」

「それで、以前使っていた物もきれいだから捨てずに取ってあるということですね」

なんだ、わかってるじゃないか。初めて気持ちが通じた気がした。

「そうそう、その通りです」

親しみのこもった笑みを向けたが、十萬里はにこりともしない。

十萬里は「よいしょ」と言いながら長持の蓋を開けた。白地に藍の模様の入った茶碗や皿がたくさん現われた。漆塗りの椀や重箱もある。

「かなりの量ですね。大きな食器棚ひとつ分はありそうです。で、こちらの瓶は？」

十萬里は、蔵の壁に沿ってずらりと洋酒の空き瓶が並べてあるのを指差した。

「ガラスの浮き彫りがきれいでしょう。外国のものは芸術的ですよね。孫娘がいっとき集めてたことがありましてね。またいつか遊びに来たらプレゼントしようと思っとるんです」

「それはお孫さんが何歳くらいのときのことですか？」

「小学生のときだったと思います」

「今は確か二十代半ばとおっしゃってませんでした？　さすがにもう集めていらっしゃらないのではないですか？」

「そうかもしれませんけど……」

「瓶は百本近くありますよ。本当は捨てた方がいいとわかってるんじゃないですか？」

「奥様、なぜ捨てないんですか？　資源ゴミに出せばいいだけじゃないですか」

図星だった。

「ええ、それはわかっとりますが……」

「やる気が起きないとか？」

「そうなんです。捨てんといかんと思った途端、なんや身体がだるくなってしまって」

「やっぱり」

何が〈やっぱり〉なのか。

「よくわかりました」

何が〈よくわかった〉のか。

「もうこれで全部見終わりましたね」

「まだ離れがありますけど」

「え？　まだあるんですか？」

離れは平屋で二部屋ある。

整理ダンスと洋服ダンスが一棹ずつ、それに和ダンスが二棹ある。押し入れもそれぞれ一間分だ。整理ダンスには私の洋服がぎっしり入っている。和ダンスには着物やら和装小物やらがこれまた隙間なく入っている。

「茶道をなさるんでしたね。お着物をお召しになる機会が多いんでしょう」

「それがね、そうでもないんですわ。最近はみんな茶道用の洋服を着るんです。懐紙を入れたり、袱紗を挟んだりできる茶道専用の洋服がありましてね。だからもう長いこと着物は着てしまへん。といって捨てられるわけないですしね。着物を捨てるなんて聞いたことありませんでしょう。それに娘や嫁や孫娘が着るかもしれませんからね」

またしても十萬里は返事をしない。

憮然とした表情で隣の洋服ダンスを勝手に開けた。

「いったいこれらは、どなたが着られるんですか」

そういう聞かれ方をすると答えにくい。上質なツイードのスーツや羊革のロングコート、牛革のショートコート、それにゴージャスなミンクのコートがハンガーに吊り下がっている。

「なんで買ったんでしょうかねえ」

自分で買ったのに、他人ごとのような気がする。きっとバブルのせいだ。正気の沙汰とは思えない。

「ミンクのコートは八十万円もしたんです。でも二回しか着てません。だって真冬でも毛皮って暑いんですもん。そもそも日本やのうてシベリアとか北極で着るもんですわ」

本当は百八十万円したのだが、正直に口に出してしまうと、過去の自分の愚かさがほとほと嫌になりそうで、思わず百万円引いてしまった。

「こっちの革のコートは？」

「ああ、それも私のです。駅前のブティックで勧められてつい買ってしまったんです。でもこんな田舎に住んどったら着て行くところがあれへんのですわ。買った当初は初詣に着ていったりしたんですけどね、そろそろ娘にやろうかと考えてます」

「袖の形が古いですよね。ギャザーが寄せてあってパフスリーブになってます」

「パフ？　ああ提灯袖（ちょうちんそで）ですね」

「こういう形のものは、お嬢さんでも着ないでしょう」

「でも捨てるわけにいかんでしょう。十五万円もしたんですから」

本当は四十五万円だった。

「値段がいくらであっても着ないものは着ないですよ。置いておいても仕方がない」

「でもね十萬里さん、これ上質の柔らかい革なんですわ。モノはごっついええんです。だから例えば袖を直して今風にするとか、ジャンパーに作り替えるとか、それとも思いきってトートバッグにすることもできますよ。たぶんバッグなら二つは作れるんやないかな」

「奥様は洋裁や手芸がお得意なんですか？」

「若いときはやりましたけど、もうやりません」

「では、お知り合いの方か何か？」

「リフォーム屋さんにでも持っていこうかと思ってるんですよ、いつかね」

「いつかっていつですか。何月何日ですか。奥様、いつかなんていう日は来ないんですよ。それに、リフォーム料金というのはとっても高いんです」

「ええ、知っとります。つい先月、スカートの裾上げ頼んだだけで八千円も取られましたから。あんなに取られるんやったら自分でちゃちゃっとやればよかった」

十萬里は何か言いたそうに口を動かしかけたが、結局は何も言わなかった。そして押入れを開けた。そこには分厚い座蒲団が五十枚ほど入っている。

「昔は葬儀を自宅でやりましたでしょう。そやから座蒲団は何枚あっても足りんかったくらいです。主人が癌で入院して余命三ヶ月と言われたときに、急いで出入りの呉服屋に作らせたんですけどね、いざ主人が亡くなってみると、息子も娘も葬式なんて会館でやればええ、そういう時代なんやって申しましてね、この座蒲団は結局、一度も使わずじまいです」

「この先もお使いにならないのではないですか？」

「どう考えても使わんでしょうね。だけど十萬里さん、これすごく高かったんですよ。中綿だって今どきのポリエステル綿やのうて昔ながらのほんまもんの綿ですし、日本製やから縫製は丁寧やし、モノはええんですよ」

十萬里はまたもや返事もせず、開け放たれた障子から庭に目を移した。

釣られて私も庭を見ると、松の立派な枝ぶりが見えた。てっぺんにまだ少し雪が残っている。苔生す庭のあちこちには雪割り草が花を咲かせていた。春はもうすぐそこまで来ているらしい。

「こうやって毎年、季節は巡り、人間は歳を取って死んでいくんです」

十萬里がしみじみとした表情で語りだした。「それなのに、使わないとわかっている物を捨てられず、どんどん溜め込めるだけ溜め込んでいく。家の中は物が溢れているのに、季節ごとに洋服を買い足し、陶器市があればいそいそと食器を買いに行く」

まるで詩を朗読しているみたいに話す。馬鹿にしているのだろうか。

「考えてみれば、日本人のほとんどが〈成り上がり〉だったんです。戦後の高度成長期に突入し、三種の神器と言われた白黒テレビ、洗濯機、冷蔵庫を買い揃えるために頑張って働いた」

「ええ、そうでした」

「戦争による質素倹約の反動もあったのか、ファッション雑誌をめくり、おしゃれに際限がなくなった。数年ごとに車を買い替え、洋風家具を買い揃え、家の中を飾り立てた」

「はあ」

「人々は、物を買う行為そのものに快感を覚えるようになったのでしょう。良質な物を少しだけ持ち、長く大切に使うという古き良き慣習はいつの間にか消えてしまいました」

「言われてみればそうかもしれません」

「奥様、少なくとも土蔵と離れにあるものは全部お捨てになったらいかがでしょう」

「は？」

全部って……冗談でしょ。

怒りが湧いてくる。

「縁起でもないことを言って申し訳ないのですが、奥様が明日にでも突然お亡くなりになったら、この家はどうなると思われますか？」

「そのことは娘にもよう言われるんですけどね」

「これだけの物を残されたお子さんたちは、本当に大変ですよ。お嬢さんや息子さんにも生活があるでしょうし、なんといっても離れた場所に住んでおられるでしょう。家の中を整理するためだけに、会社や家事を休んで何度も往復しなければなりませんよ」

「ですけどね、私はまだまだ健康体なんですわ。どっこも悪いところはあれしまへん」

「お嬢さんがおっしゃるように、女も五十歳を過ぎたら死ぬ用意をすべきだと思います。要らないものは要らないし、娘が母親のお古を着るなんて、物のなかった時代の話でしょう。お子さんたちの家には家具も食器も電子レンジも冷蔵庫も揃ってるでしょうし」

「だけど不安なんです。大地震やら原発やら地球温暖化やら、いつ何が起こるかわからないじゃないですか」

「老後の安心のために残すべきは、物ではなくてお金ではないですか？　例えば、気に入らない洋服を残しておくより、洋服を買う楽しさを残しておいた方がいいとは思いませんか」

「それはそうかもしれませんけどね」

「では、今日のところはこれでお暇いたします」

突然そう言って、十萬里はお辞儀をした。

「えっ、お帰りになるんですか？」

「はい。問題点を整理しまして、今後のことはお嬢さんに連絡させていただきます」

「睦美の方に、ですか？」

「はい。今日はお嬢さんとの契約で参りましたから」

澄ました顔でそう言うと、十萬里はすたすたと母屋に戻っていく。

玄関先でダウンジャケットに袖を通し、靴を履くと、十萬里はにこりともせず「お邪魔いたしました」と言って帰っていった。


庭のモクレンが咲き、田舎町にもやっと遅い春が訪れた。

その日は雨のせいで、日が暮れる前から窓の外は薄暗かった。

こういう日は、大きな屋敷にひとりぼっちでいることをひしひしと感じる。

そう思ったとき、玄関のチャイムが鳴った。

お向かいの柴田さんの奥さんかな。そう思い、玄関に向かった。

「母さん、久しぶり」

目を疑った。

「まあ、英樹やないの。どないしたん？」

「出張で近くまで来たから寄ったんだ」

「近くって、どこやの？」

「えっと……」

英樹が言葉に詰まった。それをごまかすかのように靴を脱ぎ、スリッパを履いて廊下をどんどん進んでいく。「大阪出張だったんだ」

前を向いたまま言う。

「大阪って……」

ここから全然近くないけど。

「どれくらいおれるの？　お茶くらいは飲めるんか？」

背中に尋ねる。

「今夜は泊まっていくよ」

嬉しくて声も出ない。

思わず立ち止まり、背中を見つめた。

そんな自分に、自分でも驚いた。息子が一泊していく。たったそれだけのことが、こんなにも嬉しいものだったとは。私はそれほど寂しかったのだろうか。孤独でたまらなかったのだろうか。自問自答していた。

「夕飯は何がいい？　英樹の好きな物、作ってあげる」

「それより寿司か何か食べに行こうよ。たまにはビールでも飲みながら話をしよう。母さんが料理を作ると、その間は話もできないし時間がもったいないだろ」

「なにか重要な話でもあるのかい？」

心配になって尋ねる。

「いや、何もないよ」

やっぱり優しい子だ。滅多に帰ってきてくれないから、もう古里なんか忘れたのかな、母親のことなんか思い出しもしないのかなと思っていた。きっと、仕事が忙しかっただけなのだろう。

寿司屋の座敷で向かい合った。

「母さん、誕生日おめでとう。じゃあ、乾杯しよう」

「えっ？　誕生日？」

「やだなあ、忘れてたの？」

英樹が笑いながらビールを注いでくれる。

本当は覚えていた。だけど、自分ひとりが今日は誕生日なのだと意識していること自体が寂しく感じられて、今日が早く過ぎてしまえばいいのにと朝からずっと思っていた。

息子の髪に白い物が混じっているのをしみじみと眺めた。

「母さん、今年の夏は僕と二人で旅行しようよ」

「だって夏葉子さんは？」

「夏葉子は夏葉子の両親と北海道旅行する計画なんだ。お互いに実の親子同士の方が気を遣わなくていいだろうってことになってね」

「そら楽しみやわ。睦美も呼んだらどないやろ」

「睦美は……ダメだよ。休みがとれないだろうし」

英樹の目が泳いだ気がした。気のせいだろうか。

「睦美はそんなに忙しいんか」

「うん、あいつは本当に忙しいよ」

英樹と睦美は連絡を取り合っているらしい。

「母さん、三泊四日で北京なんかどう？」

「北京て中国の？　それって外国やないの」

そう言うと、英樹はさもおかしそうにハハハと声を上げて笑った。「冥土の土産に海外旅行をプレゼントしようと思ってさ」

「ええ土産やわ。早速パスポート取らんとあかんね」

こんなに楽しい夜は久しぶりだった。あれこれと旅行の相談をして、話題が途切れることがなかった。

翌日、英樹が帰っていく後ろ姿を見送った。いつもなら、次はいつ会えるのだろうと寂しくてたまらなくなるのだが、今回は違った。旅行の予定があると思うと、「元気で頑張ってね」と心の中で背中に呼びかける余裕があった。

居間に戻り、コーヒーの残りに牛乳を足し、電子レンジで温めてひとりゆっくりと飲んだ。旅行が楽しみだった。今日から当分の間、明るい気持ちで生活できそうだ。午後は本屋へ行って北京のガイドブックを買ってこよう。

北京には何を着ていけばいいだろう。夏物はたくさん持っているが、気に入った物がなければ、この際新調してもいい。

——洋服があんなにたくさん押し入れに詰まっているのに、また買うの？

睦美の声が聞こえてきそうだ。

そうだ、この際、夏物を探すついでに不用品を少し処分してみようかな。

ここ何年も着ていない洋服、蔵の空き瓶、台所のいろいろなもの……。

これほどやる気が出て来たのは久方ぶりだった。

数ヶ月が経ち、梅雨入り宣言があった。

玄関のチャイムが鳴ったので出てみると、背の高い青年が立っていた。

「おばあちゃん、久しぶり」

「もしかして、知也かい？」

「そうだよ。おばあちゃん、元気だった？」

睦美の長男の知也だった。靴を脱ぎながら、「これお土産」と菓子折を差し出す。

「いったい、どうしたん？」

「なんとなくね。懐かしくて来てみたんだ」

「だって学校は？　大丈夫なん？」

「うん。三年生までにほとんど単位を取ってしまったし、もう就職は決まったし。今、すごく暇なんだ。まあ普通ならアルバイトするんだろうけどさ。大学四年生の今が人生最後の自由時間かもしれないと思うとね、なんだかあちこち行ってみたくなったんだ」

「少しはゆっくりしていけるのかい？　夕飯は食べていける？」

「迷惑でなかったら二、三日、泊まっていくよ」

「そりゃ嬉しい。ほんなら今夜は腕によりをかけて夕飯を作るよ」

「僕も手伝う」

「そうかい。ありがとう」

まだ夕飯までに間があったので、お茶菓子を出すことにした。

食品庫の扉を開ける。買い置きがたくさんあるからこそ、こういう急な来客のときでも困らない。十萬里に今の状況を見せてやりたかった。

「さあ、どうぞ」

熱い煎茶に煎餅を添えて出す。

「おばあちゃん、この煎餅、湿気てる」

「そんな馬鹿な。いま封を開けたばかりやのに。どれどれ。あらま、本当に湿気とる」

「賞味期限、三年前だよ」

「ごめんごめん。時の経つのは早いねえ。別のお菓子を見てくるよ」

そう言って食品庫に行くと、知也もついてきた。

「ああ、ここね。噂の食品庫って」

「噂ってなんの？」

「いや、別に……」

一瞬だが知也が慌てたように見えた。たぶん十萬里から睦美に報告が行ったのだろう。

そしてそれを知也も聞いたのだ。それにしても十萬里からはあれ以来なんの連絡もない。

「おばあちゃん、それにしてもすごい量だね。こっちのも賞味期限切れてる。あ、これも二年前だよ」

「賞味期限なんて神経質に気にすることないと思っとったけど、湿気ることもあるんやね」

結局は、知也が土産にと持ってきてくれた和菓子を出した。こんなところは十萬里には見せられない。

その日の夕食はフライにした。

「お母さんは元気にしとるんか？」

睦美の様子が知りたかった。

「相変わらず大変だよ」

答えながら知也がおいしそうに海老フライを頬張っている。若者の旺盛な食欲は見ていて気持ちがいいものだ。

「そんなに忙しいんか。睦美の会社は」

「会社って？」

「部長になったんやろ。帝国ドリンクの」

「それ、いつの話だよ。母さんはとっくに会社なんか辞めたよ」

「なんで？　何かあったん？　もしかして馘になったんか？　ほんなら今、睦美は何をしとるん？　部長やないんなら、いったい何がそんなに忙しいの？」

「おばあちゃんが寝たきりになったから、その介護で母さん会社に勤められなくなったんだよ。聞いてなかったの？」

「おばあちゃんの介護？　まさか、修さんのお母さんの？」

「そうだよ。父さんの母さんが脳溢血になったあと認知症になったんだ」

「いつから？」

「もう三年くらい前かな」

「そんなに前から？　睦美はなんで私に言わんのやろ」

「心配かけたくないって言ってた。それに、おばあちゃんは、母さんが部長になったのを自慢に思ってたでしょ。だから、がっかりさせたくないって」

「そうやったんか。それにしても水臭いなあ。そうか、私に心配かけまいとして、か。そんな優しい気持ちでおってくれたんか」

「母さんて本当は優しい人なんだけどね」

「本当は？　というと？」

「介護するようになってからいつも苛々してる。目の周りが隈で真っ黒だから凄味があって、話しかけるのも怖いくらいだよ」

そう言って知也は苦笑した。

「知也、あんた、何を笑っとるの？　こんなとこでのんびりしとらんと、お母さんを手伝いなさい。私にもなんか手伝えることないやろか。近かったら毎日でも行ってやれるのに……」

すぐにでも駆けつけてやりたかった。睦美の置かれた状況を考えれば考えるほど、いてもたってもいられなくなってきた。部長になれてはりきっていたというのに、なんちゅうかわいそうなこと……。

「おばあちゃん、落ち着いてよ。僕だって父さんだって郁也（いくや）だって母さんを手伝ってる」

「ほんならなんであんた、今ここにおるの？　嘘言わんとってちょうだい！」

思わず大声を出していた。

「やっと老人介護施設に空きが出てね、昨日入所したんだよ」

「阿呆。それをはよ言わんかいな。知也の馬鹿たれが」

「ひどい言われようだな」

知也は声を出してけらけらと笑った。

「ほんなら今は、睦美は楽になったゆうことか？」

「うん、そういうこと。昨日おばあちゃんを施設に連れてったあと、家族四人でカラオケに行ったよ。母さんたらマイクを離さなかった。怒鳴りつけるような大声で歌いまくってたよ。何年分ものストレスをここぞとばかり発散したって感じだった。そのあとみんなで居酒屋に行ったんだけど、母さんだけがべろんべろんに酔っぱらっちゃった。何年もお酒飲んでなかったからかな」

胸が詰まって言葉が出なかった。

ふくれあがってくる涙がこぼれてこないよう宙を見つめるのが精いっぱいだった。

「これからは、ちょくちょく里帰りするって母さん言ってたよ」

知也は野菜サラダを自分の皿に取り分け、トマトにかぶりついた。

「大変やったんやなあ、睦美。私はなんもしてやれんで……」

「でも、伯父さんのところだって大変だよね」

「おじさん？　それは英樹のことか？」

「うん、そう。子会社に出向になって苦労してるみたいだね」

「子会社って？」

「えっ、おばあちゃん、知らないの？」

知也の瞳が左右に揺れた。「やべ。俺もしかして、余計なことばっかしゃべってる？」

「教えてちょうだい。私は英樹の母親なんやから」

「そうだよね。秘密にする方がおかしいよね」

大きくうなずいてやると、知也は安心したような顔をした。「母さんから聞いた話によると、伯父さんの会社は業績が悪くて、大勢の社員がリストラされたんだ。伯父さんはリストラされなかったけど、ファッション通販の会社に出向させられたらしいよ。リストラされないだけでも運が良かったって最初は喜んでたけど、いざ出向してみると、畑違いだからすごく苦労してるらしい。残業も殺人的に多くて、土日もなかなか休めないって聞いてる」

初めて聞くことばかりだった。

「この前、英樹がひょっこりここに来たときは、そんな話は全然してへんかったのに」

「伯父さんもおばあちゃんには心配かけたくないって思ってるんだろうね、きっと」

「知也、それだけかい？」

「何が？」

「あんたの知ってること、今夜は洗いざらいおばあちゃんに聞かせてちょうだい」

私が鬼気迫る顔でもしていたのか、知也は一瞬たじろいだ顔をして、身体を後ろへ引いた。

「……わかった。それじゃあ……思いつく限り話してみるけど」

知也が男の子にしてはおしゃべり好きで助かった。

その夜、知也はよく食べ、よく飲み、よくしゃべってくれた。

「みんなそれぞれに苦労しとったんやな」

英樹が帰省しなくなった時期は、子会社に出向になった時期と重なっていた。

睦美に電話しても苛立った様子ですぐに切るようになった時期は、姑の介護が始まった時期と重なっていた。

「でもどうして睦美は十萬里をこの家に寄越したりしたんやろ」

「たぶんそれは、父さんの方のおばあちゃんの家の中が、悲惨なほど散らかっていたからだと思うよ。元気だった頃はきちんとしてたんだけど、具合が悪くなってからは、押し入れやタンスや棚から出した物をいちいちしまうのが面倒になったみたいだった。通いで世話してたんだけど、そのうち認知症が出始めて、母さんは泊まり込みで介護するようになった。物を勝手に捨てると、『盗んだだろ』っておばあちゃんが怒鳴るようになって、もう母さん半分ノイローゼみたいだった。たぶんそれがきっかけで、不用な物が家の中にあるのが心底いやになったんじゃないかな。土日だけは父さんが介護を交代するから、母さんは家に帰ってくるんだけど、ある日突然、捨て魔に変身したよ。土日のたびに、家中の不用品をゴミ袋に詰めて捨て始めた。毎回ものすごい量だったよ。そのお陰で今は家の中がすっきりしてる」

「言われてみれば、使ってない蒲団は干さんとカビは生えるし埃は溜まるし、和服も年に一回は風を入れんといかん。それだけでも歳とともに骨が折れるようになってきたもんなあ」

「そんなことに時間を使うのもったいないって、母さんなら言うだろうね」

「残り少ない人生やもんなあ。時間を有効に使わんといかんね」

そのあと知也は、大学のことや友人のことなどを話してくれて、気づいたら日付が変わっていた。

あっという間の楽しい三日間が過ぎた。

知也が帰っていったその日から、私は食品庫の整理を始めた。


梅雨が明け、本格的な夏がやってきた。

日傘をたたんで老人施設の玄関ロビーに入り、周りを見回した。

そのとき、受付にいた若い女性と目が合った。

「間宮さんに面会にきたんですけども」

「はい、聞いておりますよ。間宮敏子（としこ）さんは三階の302号室です」

にっこりと笑って教えてくれた。

ドアをノックすると、「はあい」と明るい声が聞こえてきた。

ドアは引き戸で、するすると動き、車椅子に乗った間宮さんが満面の笑みで現われた。

「お久しぶりばい。お待ちしとったと」

柔和な雰囲気は以前のままだ。長崎から嫁に来て長いが、いまだに長崎の言葉が抜けないのも変わりない。

「うちん松の木、どうなっとっと？」

「相変わらず立派な枝ぶりですよ」

「よかったばい。とはいうもんの、家ば売りに出しとっと。そんでも長年暮らした家やけん愛着があるとよ」

「そうでしょうとも。それより間宮さん、なんだかきれいになられたんやないですか」

「こがん婆さんばおだててもなあんも出んと」

「なんや若がえられたみたいですやん。お肌も艶々やし、それに生き生きしとられる」

お世辞ではなかった。私より十歳も年上の米寿にはとても思えない。

「毎日、体操しとるからかもしれん。そいに、書道と大正琴ば始めたばい」

「なんや楽しそうな生活やわ」

「ここにおったら食事ば作らんでもよかし掃除もしてくるっし、要は趣味に没頭でくっの。あらごめん、今お茶ば淹れる」

間宮さんは器用に車椅子をターンさせ、部屋の隅にあるミニキッチンでお茶の用意を始めた。

「水まんじゅうを持ってきたんです」

「嬉しか。夏といえば水まんじゅうばい」

「ゆうべテレビドラマを見とったとき、水まんじゅう食べとるシーンが出てきて、間宮さんがお好きやったこと思い出したんですわ」

「この世ん中に好物ば覚えてくれとった人がいたなんて嬉しかよ」

間宮さんがお茶を淹れてくれている間、失礼を承知で部屋の中を隅から隅まで見回した。１Ｋの部屋に、収納といえる物は一間のクローゼットだけで、ベッドと小さなテーブルセット以外に家具らしきものはない。食堂が完備されているからか、ミニキッチンにある作りつけの食器棚はとても小さい。

「あのう……不躾なことを伺いますけど」

「なに？　何でん聞いてちょうだい」

「いま売りだしておられる家には家財道具は残してあるんですか？」

「まさか。ひとつも残らんごと処分したと。こん部屋にあるとが私の全財産ばい」

「それは……すごい。ずいぶん思いきりましたね」

「思いきるもなあんもない。しょんなかじゃなか」

「だって思い出の品もあったやろうに」

「そりゃあいっぱいあったと。捨てがたいと思ったもんは写真に撮っておいた。ときどき見るけん寂しいことなか。人間はみんな裸で生まれて裸で死んでいく。そいを実感するようになったばい」

「へえ。なんや悟りを開きはったというか、心も身体も清らかって感じやね」

「さあ、お茶が入ったばい」

窓の近くに白いテーブルセットがあって、芝生の庭が見渡せた。

「えらい洒落てますやん。外国映画に出てくるみたい」

「そうやろう。あんたもここに引っ越しておいで。きっと楽しかよ」

そう言って、間宮さんはいたずらっぽく笑った。

米寿どころか少女みたいだった。


玄関のチャイムが鳴ったので、壁の時計を見上げた。

骨董屋が来るには早すぎやしないか。約束の時間までに、まだ一時間もある。

玄関に出てみると、大庭十萬里が立っていたので驚いた。

「近くまで来たものですから、ちょっと寄ってみました」

相変わらずジーンズの軽装である。ポロシャツの袖からは、はち切れそうな腕がむにゅっとはみ出している。

「この近所にも片づけの要請があったんですか？」

「ええ、まあ」

「どこのお宅ですか？」

町内なら、ほぼ家族構成を知っているので、どの家か気になって尋ねた。

「それは言えません。職業上、個人情報を漏らさないことにしておりますので」

十萬里の目が宙を泳いでいるのを私は見逃さなかった。

たまたま近所に来たなんて嘘ではないだろうか。でもわざわざ、うちの様子を見に東京から来たりするだろうか。

「どうぞお上がりください」

いえいえ玄関先で結構です、とか、ちょっと寄ってみただけですからすぐに帰ります、などと言うだろうと思っていたのに、十萬里はさっさと靴を脱いだ。

仕方がないから居間へ通し、お茶を出した。

「お茶受けがなくてごめんなさい。買い置きがないもんやから」

「買い置きが、ない？　へえ……」

十萬里は驚いたように目を見張る。食品庫にこれでもかというほど煎餅やクッキーが入っていたことを思いだしたのだろう。

「奥様、雰囲気がお変わりになりましたね」

「そうですか？　どの辺が？」

「なんといいますか……」

十萬里にしては珍しく、言いにくそうにしている。「若輩者の私が言うのもナンですが、奥様は以前よりお強くなられた感じがします」

「そりゃ嬉しいわ」

「何かあったんですか」

「子供や孫たちが次々に訪ねてきてくれましてね」

「そうでしたね」

えっ、いまの返事は何？　まるで知ってたみたいだけど。

「遠く離れてても私のことを気にかけとってくれてたみたいでね。頻繁には会えんでも家族なんやなって思えて嬉しかったです。それに息子が北京旅行をプレゼントしてくれたんですわ」

「ああ」

いまの返事は何？〈ああ〉って。

子や孫が来たのは、すべて十萬里の差し金だったのだろうか。

孫の知也と話しているとき、ふとそう思った瞬間があった。だから知也にもそれとなく十萬里のことを聞いてみたのだが、あのおしゃべりが頑として口を割らなかった。

「十萬里さん、いろいろとありがとう」

「は？」

相変わらずポーカーフェイスだ。しかし、ほんの一瞬だが照れたのを私は見逃さなかった。

「私ね、人生の店じまいっていうのはこういうもんやと、孫や子供に見せてやりたいと思うようになったんですわ。あの世には何ひとつ持っていけないって、よう言うでしょ。

そんなん当たり前やないかって思ってましたけど、本当はピンと来とらんかったんです。ほんでね、もうすぐ骨董屋さんが来るんです。もしお時間あったら、十萬里さんも一緒におつき合い願えませんか?」

「いいですよ。私も興味ありますから」

しばらくすると骨董屋が来た。

「早速、拝見いたしましょう」

七十代くらいだろうか、眼鏡をかけた男性で、骨と皮だけでできているのかと思うほど痩せているが、年齢の割には動作が機敏で滑舌もいい。

玄関に近い部屋に骨董屋を案内した。不用な物を処分しようと決心してから、毎日少しずつ、この部屋に不用品を集めた。畳の上には、巻いたままの掛け軸がずらりと並んでいる。その横の風呂敷を広げた上には、陶器の茶碗や壺が置いてある。

骨董屋の男は、端から順に手に取って吟味を始めた。

最初の三本までは丹念に見ていたが、四本目からはさっと目を通しては巻き戻していく。全てを見終わると骨董屋は言った。「この掛け軸は、どこでお買い求めになったんですか?」

「通販です。通販病にかかってしまった時期がありましてね」

「やっぱりそうですか。じゃあ、こっちのは?」

「お茶道具として、お家元から買わされたもんですわ」

「でしょうな。ここにあるものは全部量産品ですから、うちでは値段はつきません」

「そんな……だって高かったんですよ」

「奥さん、そもそも骨董品というのは希少価値のある古い物を言うんですよ。ここにあるのは量産品だし、最近作られたものばかりです。家宝にも財産にもなりませんよ。言わば骨董品じゃなくて中古品です。売ろうなんてお考えにならないことですな。この家には床の間がたくさんあるようだから、季節ごとに掛け替えて楽しまれたらいいじゃないですか」

「そういうのは、これとは別にたくさんあるんですわ」

「でしたら、リサイクルショップを呼ぶんですな。よろしければ懇意にしている業者を紹介しますよ。じゃあ次は陶器を見せていただきましょうかね」

骨董屋は白地に藍の模様の入った茶碗や皿をひとつひとつ眺めた。

「それは古い物なんですよ」

「奥さん、確かに古いことは古い。ですがどれもこれもB級品ですな。釉薬（ゆうやく）の塗りムラやプツプツとした跡がありますから、買った当時も安かったと思います。普段使いの品ですな。これも買い取れません」

「大切に取っておいたのに……」

「どうしてもとおっしゃるなら、ひとつ百円で買い取りましょう。たまに、こういう昔の物を懐かしむ御仁もいらっしゃるんでね」

「……たった百円ですか、ほんなら、その隣にある壺はどうですか」

「これも価値はありません。お宅で花瓶としてお使いになったらいかがですか。価値はなくてもなかなか風流ですよ。ほかには何かありませんか。こんなに立派なお屋敷なんですから、値打ちのある品のひとつやふたつはありそうに思いますがね」

「以前はいい物がたくさんあったんですが、先代が亡くなったときに、主人の兄弟に形見分けをしました。主人は八人兄弟の長男やったから、この家をもらう代わりに、兄弟たちは金目の物を持っていったようです」

「そうでしたか。それは残念ですな。では私はこの辺でそろそろ」

「蒲団とか座蒲団なんかは、あかんのですか？」

「普通、骨董屋では扱わんでしょうなあ。うちも買い取れません」

「わかりました。ほんなら陶器だけってことで」

名残惜しくて陶器をそっと撫でた。

「やっぱり奥さん、申し訳ないが陶器もやめておきます。先月女房に怒鳴られたばかりでした。また性懲りもなく場所塞ぎになるだけの価値のない物を持って帰ってって」

そう言って骨董屋は何も買い取らずに帰っていった。

「十萬里さん、ちょっと休憩しましょう」

居間へ行き煎茶を淹れた。お茶菓子が何もないのも不調法な気がして、冷凍しておいた正月の餅を電子レンジで温めて安倍川餅を作って出した。

「お茶の淹れ方がお上手ですね。濃厚な旨みが出てる。それにこの黄粉(きなこ)のおいしいこと」

十萬里は甘い物が好きみたいだ。いままでほとんど感情を表に出さないから、あまり親しみを覚えなかったのだが、餅を頬張るときだけ幸せそうな顔になり、初めて人間味が感じられた。

「それにしても、骨董屋さんが何も買ってくれんやなんて、もうがっかり。十萬里さんが、物よりお金を残した方がいいとおっしゃったでしょう。私もそれは一理あると思ったもんやから、要らんもん全部売ってお金に替えようと思ったのに……」

「リサイクルショップの人に来ていただいたらどうですか？　やっと片づける気になったのですから、善は急げです。骨董屋さんが置いて行った電話番号にかけてみたらいかがでしょう」

十萬里に言われた通り、早速リサイクルショップに電話をかけてみると、すぐに伺いますという。

二杯目のお茶を飲み終えた頃、リサイクルショップの店長と名乗る人物が訪ねてきた。

四十歳前後の体格のいい女性だった。グレーのジャンパーを着て野球帽を被っている。

「蒲団が十六組ですか……うーん、ちょっと難しいなあ」

男のように腕組みをし、眉根を寄せる。

「モノはすごくいいんですよ」と私。

「そういう問題じゃなくて、例えば奥様なら中古の蒲団を買いますか？」

「私？　私が買うわけないじゃないですか。どこの誰が寝たともわからん蒲団なんか」

「でしょう？　だったら、ここにあるのだって売れないと思いませんか？」

「は？　だって世の中には貧乏な人もおるでしょう」

「どんな貧乏な人でも蒲団くらい持ってますよ」

「ほんなら、こっちの座蒲団はどうですか？　五十枚あるんですけど」

「誰も買わないでしょうね」

「だってほら、こんなに分厚くて上等なんですよ」

「分厚すぎて座りにくいですよ。今どき流行らないでしょう」

はっきりとものを言う女性だ。「ほかには何があるんですか。とにかく要らない物は全部見せていただけます？　奥様がお金にならないと思っているような物でも意外に売れる物もあるんですよ」

「あら、そうなんですか？　じゃあ、家の中を順に案内します。洋服なんかはたくさんあるんですけどね」

二階に上がり、押し入れを開けた。

「この押し入れに入ってるのは全部要らないんですか？」

「いえ、まだ仕分けしていないんですよ」

「シミや虫食い、ひどい皺のある物以外なら引き受けますよ。段ボールひと箱三百円くらいですが」

「え？　たったの三百円ですか」

「少なくとも二、三年前までに購入されたものだけですよ。それ以前のものはデザインが古くて売れませんからね」

「ミンクのコートはどうでしょう。これなんですが」

「ミンクのコート？　バブルの残骸ですね。こんなの着てる人、この田舎町にいます？　この近所で毛皮を着てる人といえば、雉打ち名人の猟師くらいでしょう。最近は動物保護を謳う人も多いですしね。毛皮の襟巻くらいなら売れないこともないですけど、コートはうちでは引き取れません」

「じゃあ、いったいこのコートはどうすればいいんですか？」

「捨てるしかないでしょうね」

「だって八十万円もしたんですよ」

「だったら、奥さんが死んだときに棺桶に入れてもらったらどうですか？」

冗談かと思ったら、女店長は真顔である。「だって、こんなの残して死なれた遺族も迷惑でしょう」

絶望的な気持ちになってくる。本当は百八十万円したなんて、口が裂けても言えない。

「それより奥さん、新品の物はありませんか。引き出物でもらったものとか、内祝いのお返しとか」

「たくさんありますよ」

少し気持ちが明るくなった。

「こちらです」

階段に案内した。

「あら、階段箪笥だったんですか。見逃していました」

十萬里が目を丸くしている。

階段の抽斗を開けると、箱に入ったままのタオルケット、バスタオル、座蒲団カバーのセット、タオルやハンカチのセットなどが次々に出てきた。中には変色してしまっているのもある。

「黄ばんでしまっているのは引き取れませんが、そのほかはうちで買い取らせてもらいます」

その後も、女店長は一階二階の全部屋と、離れ、土蔵の全てを駆け足でざっと見て回った。

「結局、全部でいくらくらいになりますか？」

「概算ですが、衣類が段ボール五箱分、新品の引き出物、新品の鍋とフライパン、掛け軸と陶器類、蒲団十六組、羽根枕が十六個、座蒲団五十枚、電子レンジ二台と冷蔵庫一台で……だいたい全部で五万円くらいですね」

「たったの五万円？　そんなに安いの？」

「ええ、安くさせていただきました。特別サービスです」

「は？」

なんだか話が嚙みあわない。

「買い取り価格じゃなくて処分代ですよ。五万円もらうんじゃなくて、奥様が払うんです」

十萬里が助け船を出してくれた途端、女店長の方が呆れたような顔で私を見た。

「売れそうな物も何点かありますけどね、処分代と相殺させていただきます。きちんとした明細はあとでお渡ししますから」

「五万円、払うの？　私が？」

啞然とした。「この座蒲団だって高かったんですよ」

「五万円で引き取ってもらえるなら、すごく安い方ですよ」と十萬里。

そう言えば、お向かいの柴田さんが言ってたっけ。元校長先生のお宅で遺品整理業者を呼んだら、家財道具一式を処分するのに百五十万円もかかったって。

「十萬里さん、私いったいどうしたらええのやろ」

「気が乗らないようなら、今日はひとまず新品の引き出物だけを持って帰ってもらって、あとは奥様ご自身で市のゴミに少しずつ出していかれた方がいいでしょう。家電製品を引き取ってくれる専門業者は市役所の方で紹介してもらいましょう」

「それの方がこっちも助かります」

女店長もほっとした顔をした。「今どきは、廃棄を代行するのも費用がかかるうえに、手続きが色々と面倒なのでね」

女店長はきびきびとした動作で帰っていった。

結局、新品の貰いものが片づいただけだ。それは、この家にある不用品の百分の一にも満たない。何日もかかって整理してそれだけかと思うと、徒労感に見舞われた。

「骨董品屋やリサイクルショップの店長と話してわかりましたでしょう。使えるものでも引き取り手がないってことが」

「ええ、それはそうなんですが……今まで何十年も捨てられなかったものを、全部捨てろと突然言われても、そう簡単には捨てられないものです」

「わかります。戦前生まれの人の多くがそうですから。実際、戦争を体験している世代の片づけ指導は骨が折れます。要らないとわかってはいても捨てるのは忍びないという思いが強いので、誰かに譲ることでしか気持ちの整理をつけられないんです。でも、自分が要らない物は他人も要らない場合が多いという当たり前のことに思いが至らない。奥様、お手伝いしましょう。電話帳を貸してくださいますか？」

　十萬里は、「寄付できそうなところは……」とつぶやきながら電話帳を繰っていく。

「たぶん断わられると思いますが、電話してみましょう」と言いながら、あちこちに電話をかけた。

　幸運にも蒲団は社会福祉協議会が、座蒲団は公民館が「是非、頂きたい」と言ってくれた。狭い町だから豪商の館は有名で、そこにある物なら上質なものに違いないと思ってくれたのかもしれない。

「そのほかの物はガレージセールをしましょう」

　十萬里が提案する。

「ガレージ？　あっ、そういえば、まだ車庫を見てもらっていなかったですね」

「え？　車庫に車以外の物があるんですか？」

「夫が病気になったとき、もう運転せんからって車は売り払ったんですけどね」

　車庫には様々な物が置いてある。ガーデニング用のスコップやら植木鉢やら、花の種などこまごまとしたもの、それに自転車が三台、バケツが三個、竹箒、束ねた古新聞、ゴルフクラブが十数本、テニスラケット、スキー板、何本もの釣り竿、大きなトロフィーが三つ、弦の切れたギター、古い大きなスーツケースが二つ、虫取り網、三脚、埃をかぶったワープロ専用機、タイプライター……。

「そういえば前回伺ったとき、下駄箱や洗面所の棚も見てませんでしたね。奥様はフリーマーケットの経験はおありですか？」

「年に何回か小学校の校庭でやるんです。あれ、楽しいですね。ついつい、色々と買っちゃうんですよ。でも買う方は楽しいけど、店を出す方は大変ですよね。会場まで運ばんとあかんし、値札付けも必要やし。好きやないとできませんわ。私には無理です」

「じゃあ家の前に不用品の入った段ボールを置いて、『ご自由にお持ちください』と書いておいたらいかがでしょう。東京ではよく見かけるんですが」

「ほんなら試しに明日からやってみます」

「一週間ほど置いてみて、それでも残った物は……」

「十萬里さん、そうなったら潔く捨てますがな」

私はきっぱりと言い切った。

来月は睦美が久しぶりに泊まりにくる。

今年の大晦日は子や孫が全員揃うことになっている。

想像しただけでうきうきしてしまう。
その前に、要らない物は全部処分してしまおう。

ケース4　きれいすぎる部屋

大庭十萬里が『あなたの片づけ手伝います』を出版したのは、今からちょうど一年前のことだ。たまたま十萬里のブログを出版社の人が見つけたのがきっかけだった。巻末に〈片づけられない度〉チェックシートの綴じ込み付録をつけたのは編集者のアイデアだ。読者が十萬里に個人指導を申し込むときに、チェックシートが添付してある方が、十萬里も依頼人を選びやすくなるのではないかという気遣いだった。

十萬里はついさっき、郵便局の私書箱から封書をごっそり持ち帰ったところだ。昼間は、夫は会社だから、家の中は静かである。丁寧(ていねい)に淹(い)れたコーヒーをゆったりした気分で飲みながら、チェックシートをぱらぱらとめくっていると、惚れ惚れする達筆が目に留まった。

——息子一家の惨状を見かねて申し込みました。嫁の了解は取りつけましたので、遠慮なく指導してやってくださいませ。池田静香(いけだしずか)、七十二歳、主婦。

どうやら姑(しゅうとめ)が申し込んだらしい。最も嫁に嫌われるタイプだ。早速チェックシートに目を通した。

次の設問に○か×でお答えください。カッコ内に理由やご意見などを御自由にお書きください。

第一問　洋服はきちんと畳む。

×（私共夫婦は週に一度、息子一家を訪問するのですが、洋服は常に部屋中に散乱しています）

第二問　床が見えない部屋がある。
△（かなり散らかっていますが、床が全く見えないというほどひどいわけではありません。ただ一室だけ、絶対に見せてくれない部屋があるので、その部屋のことはわかりませんが）
第三問　パンにカビが生えることがよくある。
△（これも見ていないのでわかりませんが、台所はかなり汚いです）
第四問　お茶を床にこぼしても拭かない。
○（床の汚れ具合を見ても、拭いているとは思えません）
第五問　新聞が捨てられない。
○（部屋の隅にうずたかく積まれていたので見兼ねて注意しましたところ、翌月から

新聞を取るのをやめてしまいました。息子によると、ネットで購読するようにしたとか)

第六問　昔の年賀状が捨てられない。

○(実際に年賀状を見たわけではありませんが、嫁は過去の物は何一つ捨てられないタイプだと思います)

第七問　よく物を捜す。

△(これもよくはわかりません。嫁は専業主婦ですが、家事はほとんどやりません。整理整頓も全く駄目です。ですが、物を捜している姿も見たことはありません。いつもぼうっとソファに座っております)

第八問　衝動買いしたあと、買ったこと自体を忘れてしまうことがある。

○(たまに異常なほど大量に洋服を買ってくるようです。デパートの袋に入ったまま放置されていることがよくあり、呆れて物が言えません。息子が一生懸命働いて得たお金なのに、そういういい加減な使い方をされると、息子が可哀想でなりません)

第九問　他人を家に呼べない。

○(他人様に見せられるような家ではありません。あれは池田家の恥部です)

第十問　窓が開けられない。

○(物が溢れているので窓の所まで行くだけでも大変です)

――追伸　単に部屋が汚いというだけでなく、嫁も子供達も精神的に駄目になっていますます。何かきっかけを与えれば変わるのではないかと思い、老婆心よりプロの方にお願いすることにしました。しかし、だらしがないからといって怪しい家族ではありませんのでご心配なさらないでください。息子は帝都大を出て総務省に勤めておりますし、嫁は代々医者の家系で、結婚する前は国際線の客室乗務員をしておりました。

十萬里は、妹の小萬里と家事代行会社を興した経験があり、掃除に関してはプロである。しかし本当は、化学反応で汚れを落とすことよりも、家がゴミ溜めのようでも平気でいられる心理状態の方に興味があった。見るからにだらしない人間では面白くない。会社ではきちんと仕事をこなしている女性だったり、エリートサラリーマンの妻だったりする方が断然興味深い。外面との大きなズレの要因はなんなのか。それを探り当てるのが、この仕事の醍醐味だった。

十萬里はアシスタントを雇っていないので、ひとりで訪問しなければならない。だから、タチの悪そうな人間の家は避けたかった。最近はちょくちょくテレビに出ているせいで、世間から金持ちだと誤解されているきらいがある。用心しなければ、「金を出せ」と庖丁で脅されるかもしれない。そう考えると、依頼人はある程度、品のある女性か年寄りがいい。

姑がこれだけ達筆で文章も丁寧なところを見ると、本来は息子一家も常識ある家庭なのだろう。危害を加えられる恐れは、きっとない。この家に決めよう。

七十二歳の主婦が書いたチェックシートをあらためて眺めながら、十萬里はわくわくしていた。嫁の心を屈折させてしまった何かがある。それは考えるまでもなく、姑のおせっかいが原因ではないかと思われたが。

パソコンで住居を検索してみると、やはり、あの国家公務員宿舎だった。昨今ワイドショー番組でやり玉に挙げられている、一等地にある3LDKである。最新設備の豪華な宿舎だというから、以前から一度のぞいてみたいと思っていたのだ。

玄関に出てきたのは、魂の抜けたような顔の主婦だった。

「こんにちは。片づけ屋の大庭十萬里でございます」

「ご苦労様です」

四十代半ばと見える池田麻実子(まみこ)は、かぼそい声で応えた。十萬里は、お辞儀をしながら麻実子の全身を素早く観察した。水色のセーターに黒いパンツという出で立ちで、アクセサリーはつけていない。細面の上品な顔立ちだ。その表情からは、おせっかいな姑に対する怒りは感じられなかった。十萬里を見る目にも、喜怒哀楽のどれひとつとして読みとれない。

玄関は汚かった。いくらなんでも玄関だけはきれいにしてあるだろうと想像していた。ここはエリート官僚の集まる官舎だ。少しくらいは互いの行き来があるのではないか。たいていの場合、来客というものは玄関先で用を済ませて帰る。だから、玄関さえ掃除しておけばごまかせる。都合のいいことに、この家は玄関先から奥の部屋まで見通せてしまうといった造りではない。廊下がすぐ右へ折れるので、中の様子はわからない。ずぼらな主婦にとっては、おあつらえ向きの間取りなのに、玄関さえも汚いのだから、奥にある部屋がすべて汚いことは容易に想像された。そして、麻実子の心が思った以上に荒んでいることも。

三和土（たたき）には靴が乱雑に散らばっていた。高級そうな紳士物の革靴の上に泥だらけのスニーカーが載っている。どこからか生ゴミの臭いもした。

「では、お邪魔いたします」

麻実子の方から「どうぞ」とも「お上がりください」とも言わないので、十萬里は持参したスリッパを履いた。すると麻実子が「どうぞ、こちらへ」と気乗りしない声で言い、先に立って歩きだした。

どれくらいの期間、掃除をしていないのだろう。廊下に積もった埃（ほこり）などから、だいたいの見当をつける。たぶん一ヶ月くらいだろう。依頼人のほとんどが、何年も掃除していないので、ここはかなりマシな方だ。しかし、麻実子の心ここにあらずといった様子から考えると、一ヶ月前に掃除機をかけたのは姑かもしれない。

「ここは3LDKですね。では最初にキッチンを見せていただけますか？」

そう尋ねながら、マスクを装着した。

「はい、どうぞ」

普通ならば、赤の他人に家の中を点検されるなんて、自分の積極的な意志でもない限り嫌なはずだが、彼女は十萬里という人間にも、これから始まる片づけの方法や手順にも全く興味がないといったふうだった。

案内されたキッチンは細長い通路のような形で、流しには汚れたグラスやマグカップが積み重なっている。汚れ物の中に皿や茶碗がないところからすると、料理はほとんど作らないのかもしれない。家族の食事はどうしているのだろう。

「娘さんたちは高校生と中学生だとうかがっていますが、お昼はお弁当ですか？」

「いえ、学校の食堂で食べています」

「じゃあ奥様がお作りになるのは朝食と夕食だけですね」

尋ねながらも、どちらも作っているとは思えなかった。それとも冷蔵庫には、電子レンジで温めるだけの冷凍食品がたくさん詰め込まれているのだろうか。

「いえ、うちは誰も朝は食べません。それに夫は年がら年中忙しくて、夕飯も官庁の食堂で済ませてきますから」

ということは、娘たちの夕飯を作る以外、麻実子は一日中ほとんど何もすることがないのではないだろうか。夕飯も店屋物か何かだろうし、掃除もしていないのだし。暇は人間をだめにする。精神を病むことも少なくないと聞く。貧乏暇なしの人間からすれば贅沢(ぜいたく)の極みだが、きっと麻実子なりの苦しみがあるのだろう。

食器棚は、縦横一間分もある大きなものだった。奥行きも深く、ぎっしりと食器が詰まっている。ちょうど十萬里の腰の高さのところに抽斗がついていて、隙間から布巾がはみ出していた。

「この抽斗、開けてみてもよろしいですか?」

「どうぞ」

引っ張ってみるが、途中でつかえて開かない。ぎゅうぎゅうに押し込まれているらしい。隙間から手を差し入れて押さえながら引っ張ると、詰め込まれた雑多な物が姿を現わした。動物の飾りのついた栓抜き、新品のまま変色した食器洗い用スポンジ、アイスクリームディッシャー、丸めたレジ袋、ラップの芯、風邪薬、輪ゴム、釘(くぎ)、ドライバー、メモ帳、ヘアピン、ポケットティッシュ、祝儀袋、乾電池、日焼け止めクリーム、レモン絞り器、何かの充電器、乾燥ワカメ、サインペン……。ひとつひとつが古色蒼然としていた。つまり、何年もこの抽斗を開けていないということだ。全部捨ててしまったら、どんなに気持ちがいいだろう。

自分なら、と想像する。まず、可燃ゴミ用の四十五リットルの袋を用意し、次に不燃ゴミ用の小さめのを用意する。抽斗の中から次々に取り出して、二つの袋に仕分けたあとは、抽斗ごと抜き取って裏返しにし、底を叩いて埃を落とす。そしてそのあとは、熱い湯で絞った雑巾で隅から隅まで拭く。そして次は隣の抽斗へ……。

ああ、想像しただけで、うずうずする。

頬が緩みそうになるので、急いで抽斗を閉めた。

「いま流行りの昇降式ですよね、これ」

キッチンの上にある棚は、ボタンひとつで降りてくる最新式の物だった。もしもこれが自分の家にあれば、どれほど重宝するだろうと十萬里は思う。以前は脚立を利用して出し入れしていたのだが、年齢とともに億劫になり、使うのをやめた。だから今は何も入ってない。

システムキッチンにはビルトインのガスレンジを始め、食器洗浄機やオーブンレンジも完備されている。さすがエリート官僚の住む官舎だ。

公務員宿舎とひと口に言っても千差万別である。老朽化していて水回りもひと昔前の設備で、都心から遠いうえに最寄りの駅からも遠いといった官舎も訪問したことがある。昔ながらの浴室は、浴槽はあってもシャワーがない。そんな古い設備の中で暮らすのは不便だろうが、十萬里は昭和の香りを懐かしんだ。そのように、官舎はピンからキリまであるのだが、ここはピンの方だ。

「棚の中を拝見してもいいですか?」

「はあ」

またしても、どうでもいいといった感じの返事だ。昇降式吊り戸棚のボタンを押してみたところ、扉がきちんと閉まっていなかったのか、密閉容器が次々に頭上から降ってきた。知らない間に密閉容器が増えてしまうのはどこの家庭も同じだ。奥の方には娘たちが小さいときに使ったと思われるキャラクターの絵柄の弁当箱が五、六個あり、水筒も様々な大きさや材質の物が十個近くもある。二段目には重箱やアイスペールも見える。砥石があったのが意外だったが、よく見ると新品だった。

そのとき、初めて強い視線を感じた。麻実子は主婦の聖域であるキッチンを他人に勝手にいじられて、本当は屈辱的な思いをしているのではないか。

「どこの家でもキッチンは物がいっぱいなんですよ。お宅だけじゃありません」

そう慰めると、「そうですか」と興味なさそうに答えて目を逸らした。なかなか本心を見せないタイプらしい。

次にリビングを見た。広さは十畳ほどで、ローテーブルを挟んで大きなソファが向かい合っている。窓際に並べられた観葉植物の鉢植えは、どれも土が乾いて干からびていた。床には様々な物が置きっぱなしだし、テーブルの上には雑誌が積んであるとはいうものの、それほどひどくはなかった。大画面テレビもあるから、リビングは家族が日常的に使っているのだろう。見ると、ソファの隅に寝袋が丸めて置かれていた。夜になると、ここで眠る家族がいるのかもしれない。今までの経験からすると、それはたいていの場合、夫だ。

「こっちが夫婦の寝室です」

さっさと帰ってほしいと思ったのか、麻実子が自分から早口で案内し始めた。

寝室は六畳の和室で、洋服があちこちに散らばっているうえに、隅には大きな綿埃が溜まっていた。ここも長い間、掃除機をかけていないようだ。

いっそのこと全部捨てたらどうだろう。この際、何もかも捨てて、いちから買い直せばいい。そうすれば本当に必要なものは何かをじっくり考えることができる。金持ちにしかできないが、夫はエリート官僚なのだから経済的には余裕があるはずだ。

「あのう、もう次の部屋に行っていいですか？」

麻実子は苛々してきたようだ。

「できればクローゼットやタンスの中も拝見したいのですが」

「……どうぞ」

「お嫌でしたら無理にとは申しません」

「いえ、どうぞ、ご覧になって」

口調が投げやりだった。

和ダンスを開けると、畳紙（たとう）に入った着物がぎっしりと詰め込まれていた。

「着物がお好きなんですか」

「いいえ。実家の母が勝手に作っただけです。母とは趣味も合いませんし、だいたい着て行くところもないので、ほとんど躾け糸がついたままです」

「一枚、見せていただいていいですか？」

積み重なった中から茜色の訪問着を抜き取って広げてみた。想像した通り、一面カビだらけで、黒いシミも散見された。

「まあ」

麻実子は、気味の悪い物を見たとでもいうように顔をしかめ、口を両手で覆った。

「ときどきはタンスから出して、陰干しなさった方がいいですよ」

玄関でさえ掃除しない人間に言ったところで仕方がないが。

「いっそのこと、全部お捨てになったらいかがですか」

「捨てる？　着物を、ですか？」

「ざっと見たところ、着物だけで十枚以上ありますね。全部クリーニングに出したとしたら十万円ではきかないと思います。それに、着物に合わせて帯も長襦袢（ながじゅばん）もほぼ同じ数お持ちだし、道行きコートも何枚かあります。仮にクリーニングできれいになったとしても、今後もこまめに陰干しをしたり定期的に防虫剤を入れ替えたりと面倒ですよ」

そのほかにも、和装バッグがいくつもあり、帯締め、帯上げ、帯留め、足袋などがぎゅうぎゅうに押し込まれていた。

「捨てるというのはいくらなんでも……そうだ、実家に預かってもらおうと思います」

「誰もお召しになる予定がないのなら、ご実家でもタンスの肥やしになるだけですよ」

「娘が二人いるので、いつか着るかもしれませんし」

「着物にも、流行りすたりがあります。大正ロマンの雰囲気のあるものならまだしも」

畳紙のセロハンの小窓から見る限り、そういった類のものはなさそうだった。十萬里の経験では、着物の処分に困っている家庭は多かった。

「もしかして、これは振袖じゃありませんか」

「そうです。私が若かったときのものです」

「もう要らないんじゃないですか」

「ですから娘が二人もおりますので」

「最近の振袖は、母親の時代のものに比べると、色も柄もぐんと華やかですよ。母親のお古を着せると、色鮮やかな振袖集団の中では霞んでしまいます。後になって後悔する母親も多いと聞いてます」

どうせ数回しか着ないのだからもったいないと考え、母親のお古を着せる家庭も多いが、そもそも振袖というものはもったいないものなのである。七五三の着物だって一回しか着ない。花嫁衣装もしかり。

「そもそも、こんなにカビが生えていたのでは……」

「でも、母が買ってくれたものなので、母が生きているうちは、やっぱり……」

「わかりました。捨てるのを先延ばしするだけですが、奥様がそうおっしゃるのなら」

「じゃあ古着屋に売ります。捨てるよりはいいでしょう」

「奥様、着物というのは洋服と違って布地の面積が大きいですから、シミひとつない状態を保つのは、とても難しいことなんです。たぶん、ここにある着物はクリーニングに出したところで、完璧にはきれいにならないと思います。となると、古着屋ではシミのない部分を切り取って端切れとして売ることになります。ですから着物一枚の買い取り価格は数百円です。クリーニング代の方が高くつくんです」

「ですけど、上質の縮緬(ちりめん)だからすごく高かったと母から聞いてますし」

元はどんなに高価だったとしても、要らない物は要らない。着物は着なければ意味がない。場所を塞ぐだけである。そのうえ、湿気でカビが生えたり虫がついたりして、人体にも悪い影響を及ぼしかねない。

「この部屋から和ダンスがなくなったらすっきりしますよ。追い追い考えてみてください」

「……はい。すみませんが、そろそろ次の部屋に行っていいでしょうか。隣は娘二人の部屋なんですが」

そこは変形五畳くらいの洋室だった。娘は高校二年生と中学二年生だと聞いている。中高生の女の子二人の部屋としてはかなり手狭だ。二段ベッドと学習机が二つあるだけでいっぱいだった。床一面にはファッション雑誌やら脱ぎ散らかした洋服や靴下などが所狭しと散らばっている。娘たちも母親と同様、整理整頓の習慣はないらしい。クローゼットは開けっ放しで、洋服が収まりきらず溢れ出ている。おしゃれをしたい盛りなのか、学習机のひとつは、色とりどりのマニキュアの小瓶やヘアケア用品などがたくさん並べられていて、鏡台と化していた。もうひとつの机はコミックが山積みで、ハガキ一枚分の隙間さえない。きっと、学校の友人たちが遊びに来ることもないのだろう。

十萬里は、娘たちに直接、掃除の指導をするつもりはなかった。母親から教えてもらうべきだ。そのためには、母親の麻実子にしっかりと片づけの重要性を認識させる必要がある。十萬里はそう考え、娘たちの部屋に関しては発言を控えた。

最後の部屋の前に来たとき、「ここは結構です」と、麻実子がドアの前に立ちはだかった。そういえば、姑のチェックシートに妙なことが書かれていた。

——第二問、床が見えない部屋がある。

——△(かなり散らかっていますが、床が全く見えないというほどひどいわけではあ

りません。ただ一室だけ、絶対に見せてくれない部屋があるので、その部屋のことはわかりませんが）

開かずの間というやつだ。なんだか気味が悪い。

「こちらの部屋は、そんなに汚いんですか？」

「そうじゃありません」

今までにない、きつい声音だった。「誰にも見せたくないんです」

「死体でも隠してあるんですか？」

もちろん軽い冗談のつもりだった。それなのに、麻実子はさっと顔色を変えた。

どういうこと？

本当に死体があるとか？

十萬里の腕に鳥肌が立った。家の中に二人きりだと思った途端、緊張が高まる。

そのとき、玄関で物音がしたと思ったら、学校の制服を着た女の子が入ってきた。

「誰、このおばさん。前におばあちゃんが言ってた片づけ屋ってやつ？」

娘は十萬里を無遠慮に上から下までじろじろ見た。十萬里も娘を凝視していた。見るからにガラが悪そうだ。お嬢様然とした娘を想像していただけに驚きは大きかった。

——私はグレてますが、なんか文句ある？

そう言いたげな、敵意剝き出しの鋭い目つきだった。茶髪でアイラインが濃い。バサバサと音がしそうなつけまつ毛が、幼い顔には滑稽で、哀れな感じさえする。さっきまで渋谷の街をあてもなくうろついていたといったような荒んだ雰囲気がある。しかし、まだ四時過ぎだ。ということは、授業が終わって真っすぐ帰ってきたということだ。見かけによらず、根は真面目なのだろうか。

「菜々美、昨日はどこに泊まったの？」

麻実子が尋ねた。

「さあ、どこでしょうねえ」

「夕飯要らないなら要らないって連絡しなさいよ」

「それかよ、言うことは。どうせたいしたもん作んないくせに」

菜々美は母親にそう向かって言うと、またもや十萬里の全身を上から下まで胡散臭そうに眺めてから、「もしかしておばさん、私の部屋も見たの？」と尋ねた。

「はい、拝見させていただきました」

「どうして私に無断で見せるんだよ」

そう言って母親を睨む。

「おばあちゃまが勝手に申し込んだんだから仕方ないでしょう」

麻実子は溜め息混じりに言った。

「すみませんでした。お嬢さんの許可がないとは知らなかったものですから」

「おばさんが謝ることじゃないよ。汚い部屋で驚いただろ。そっちの部屋は広いんだけどね」

菜々美はそう言って、開かずの間を指差して皮肉っぽく笑った。「おばさん、そっちの部屋はもう見たの？」

「菜々美、余計なこと言わないでちょうだい。この部屋は誰にも見せません」

「それはそれは失礼いたしました。一生、言ってろよ」

菜々美は吐き捨てるように言うと、自分の部屋に入り、官舎中に響くような大きな音をさせてドアを閉めた。

「今のは上のお嬢さんですか？」

「いいえ、下の方です」

下の子があれなら、上の子はもっと酷いのだろうか。それとも、姉の方は優等生だとか？

十萬里の頭の中で、ひとつの構図ができあがりつつあった。

——不良娘に頭を悩ませる妻。その一方で、「子供の教育は母親の責任だろ」「俺は仕事が忙しいんだ」と逃げる夫。菜々美が非行に走った原因は、優秀な姉と常に比べられるからだが、そのことにさえ気づいていない夫婦。菜々美のことで夫婦仲は悪くなり、麻実子は一方的に夫から責められて、家事に対してもやる気を失くす。だから、キッチンのゴミ箱には、コンビニ弁当やカップラーメンの容器ばかりが突っ込まれている。
世間にはよくある話だ。

「もういいですか？」

麻実子はそう言って、十萬里を見た。早く帰ってほしそうだった。そりゃそうだろう。十萬里を呼んだのは姑であって麻実子ではない。

そのとき、玄関のドアが開く音がした。入ってきたのは、きちんと制服を着た女の子だった。チェックシートの家族構成欄に書かれていた長女の沙耶加だろう。十萬里の方をちらっと見ただけで何も言わない。母親の麻実子にさえ、「ただいま」とも言わず、そのまま自分の部屋へ向かう。地味で暗い子だった。明るい優等生を想像していたのに、またしても裏切られた。しかし、それよりも驚いたのは、麻実子が「お帰り」とも言わず、まるで風が通り過ぎたくらいにしか思っていないように見えたことだ。

「すみません、もういいでしょうか」

麻実子は、十萬里が帰るのを急かすように重ねて尋ねた。

「では、今日帰りましてから片づけの計画を立てます。次回は二週間後になりますが、今日と同じ時間帯でよろしいですか？」

「今日で終わりじゃないんですか？」

「今日は〈片づけられない度〉を判定するだけです。お義母様にはお伝えしましたが」

「そんな……」

沈んだ声を出す。「それで、その判定結果はどうだったんです？」

「判定結果は軽症、中程度、重症の三段階評価ですが、お宅の場合は重症です」

「重症、ですか」

「そんな顔なさらないでください。私に依頼する方のほとんどが重症です。その場合、月に二回の指導が三ヶ月間続きます。それに加えて半年後のチェックがございます」

「どうして私が三ヶ月間も義母の監視下に置かれなくちゃならないんでしょう」

苦悩の表情を滲ませる。「今日一日で片づけてもらうわけにはいかないの？」

懇願するような目で十萬里を見る。

「私は片づけに来たのではないんです。片づける方法をお教えするのが私の仕事です」

「だったら、あなたの本を読めば済むことでしょう。私、今日中にあなたの本を買ってきて読みますから」

「片づけ方は家庭によって異なりますから、個別指導というのが必要になってくるんです。ですけど断わっていただいても結構なんですよ」

「そうはいきません。あとで義母になんて言われるか……」

麻実子はあきらめたように大きな溜め息をついた。

「ひとつ宿題を出しておきます。次回、私が訪問するまでに、食器棚の抽斗の中を片づけておいてください。長い間、開けてないということは、中に入っている物は必要ないとも言えるので、全部捨ててもかまわないと思います」

何が原因なのかはわからないが、麻実子はぼんやり過ごすだけの日々を送っている。五分でいいから何かに集中してほしかった。その時間が少しずつ延びることで、いい方向に向かうのではないか。

「無理なさらないでくださいね。小さな抽斗ひとつだけでいいんですから」

「はあ、わかりました」

二週間後に麻実子を訪ねたとき、キッチンの抽斗の中が空っぽになっていた。

「きれいになりましたね。達成感がありましたでしょう」

「ええ、まあ」

相変わらず喜怒哀楽のどれひとつとして読みとれない能面のような顔だった。期待したほどの効果はなかったらしい。抽斗をひとつ片づけたら、勢いづいて次々に片づけていくのではないかと思っていたが、片づいていたのは抽斗ひとつ分だけだった。それも、単に空っぽになっているだけで、四隅の埃は残ったままだ。大きなゴミ袋がキッチンの隅に積み上げられているのも相変わらずで、流しは不潔だし、電子レンジの上には埃が積もっているし、中も汚れている。床も掃除していなくてスリッパの裏が時折べたっと床にくっつく。

午後二時過ぎだった。いったい麻実子は、今朝起きてからこの時間まで、どうやって過ごしていたのだろう。化粧もしていないし、掃除も炊事も洗濯もしていない。娘たちもまだ学校から帰ってきていない。じっと家の中にひとりぼっちでいる麻実子の心の空虚さを思った。

「今日は食器棚の片づけに挑戦してみましょう。棚の奥の方は埃が溜まりやすいのです。それをしょっちゅう掃除するのは大変ですから、食器の数を減らすことから考えていきましょう」

麻実子は黙ってうなずくが、明らかに心ここにあらずといった感じだった。

普段の指導では、日常的に使っている食器とそうでない食器とに分けるところから始めるのだが、麻実子は料理を作っていないのだから、ほとんどの食器を使っていない。

「四人家族にしては多すぎると思いますよ」

そう言うと、麻実子はいきなり顔を上げて、真正面から十萬里を見た。睨んだといってもいいくらいの強い視線だった。

何かまずいことでも言ったのだろうか？

「うちは五人家族ですから」

「ご夫婦とお嬢さん二人で……四人。あとのひとりはどなたですか？」

「片づけ屋のあなたに関係ないでしょう」

もしかして、残りのひとりは開かずの部屋の住人なのか。思わず背筋が寒くなった。

十萬里が押し黙っていると、麻実子は長く息を吐いてから、「わかりました。不要な物は捨てればいいんでしょう。で、食器棚の次はなんですか」と先を促した。

「冷蔵庫の中を拝見してよろしいですか」

十萬里は冷静を装って言った。

「どうぞ」

静かな声だった。見ると、感情のない顔に戻っていた。

汚いのを覚悟で扉を開けたが、予想に反してすっきりときれいに片づいていた。

「掃除したばかりですから」

「えっ、掃除したんですか？」

やる気が出てきたのだろうか。

「昨日、義母が来て、見かねて掃除していきました」

「ああ、そういうことですか。じゃあ、私も掃除していいですか？」

「は？」

ぴかぴかに磨き上げてみたかった。自分は自宅を常にきれいにしているので、これほどまでに汚れたキッチンを徹底的に掃除する機会がなかった。どれほどの気力と体力が要るのか、口頭で指導するだけではなくて、試しに実践してみたかった。その経験は今後の仕事にも役立つはずだ。それに、キッチンが清潔になったら、麻実子の気持ちも少しは動くのではないか。少なくとも清々しさを味わうはずだ。

「おやりになりたいんならどうぞ。すみませんが、その間、私は横になってていいですか」

「具合がお悪いんですか」

「いえ、身体がなまっているのですぐに疲れるんです」

何年もの間、外出といえば買い物に出るくらいで家事もせず、家の中でぼうっと暮らしているのだから無理もない。

「お休みになる前に、千代田区の分別の方法を教えてください。それとゴミ置き場の場所も」

そう言うと、麻実子は分別方法が書かれた小冊子を棚から出してきて十萬里に手渡した。官舎のゴミ置き場は広く、コンテナがたくさん並べられていて、ゴミはいつ出してもいいと言う。

「じゃあ少し休みますから、終わったら声をかけてください」

麻実子はそう言うと、寝室へ入って行った。

十萬里は、マスクを装着し、持参したエプロンをつけてゴム手袋をはめた。やる気が身体中に漲ってくる。最初にゴミを集めて捨ててしまおう。キッチンとリビングの床に散らばっていた段ボールを拾い集めて、きちんと畳んで紐で縛った。次は、キッチンの隅に積まれたゴミ袋だ。ペットボトルや缶や瓶がごちゃ混ぜになって入っているのが透けて見えていた。分別しようと袋の結び目をほどいた途端、小さな虫がいくつも飛び出してきた。缶や瓶の中をゆすいでいないらしい。十萬里は勝手に棚から新しいゴミ袋を出して、ペットボトル用、瓶用、缶用と決めて袋の口を大きく開いた。さっと水でゆすいでは袋に入れるという動作を延々と繰り返した。

やっと終わってゴミ袋の口を縛っていると、玄関の鍵が開く音がした。長女の沙耶加が帰ってきた。ただいまとも言わず、廊下をこちらへ進んでくる。見ると、これ以上ないというほどの満面の笑みだった。しかし、十萬里がいることにも気づかない様子で、まっすぐに自分の部屋へ向かっていく。今にも声を出して笑い転げそうなほどの笑顔だが、どうやら空想の世界に浸っているらしい。

「こんにちは」

背中に声をかけると、沙耶加は身体をびくんと震わせて立ち止まった。「あ」とも「お」ともわからない言葉を発してから、口の中でもごもごと「こんにちは」と小さな声で言い、部屋へ入って行こうとする。

「沙耶加さん、ちょっと待ってください。ゴミを捨ててきてくれませんか」

「私が、ですか？」

やっと振り返ったと思ったら、絶対に嫌だというような表情だった。今まで家の手伝いをすることもなく育ってきたのだろうか。

「ゴミ置き場の場所がわかりませんので一緒に行ってもらえませんか。お母様は疲れて横になっていらっしゃるものですから」

「でも……」

「すみませんが、これを持ってください」

有無を言わせず沙耶加には瓶ばかりが入った重いゴミ袋と、軽いが嵩張るペットボトルの袋を持たせた。十萬里は缶の入ったゴミ袋と束ねた段ボールだ。

玄関を出て並んで歩くと、沙耶加の方が頭ひとつ分、背が高かった。

「学校は楽しいですか？」

「別に」

「得意科目はなんですか？」

「特には」

「部活は入ってないんですか」

「はい」

会話が続かない。エレベーターを一階で下り、ゴミ置き場へ向かう途中、沙耶加は何度か左右のゴミ袋を持ちかえた。重くて手が痛いようだ。

「ゴミがこんなに重いとは知らなかったでしょう」

「……はい、まあ」

「若い人が持ってくれると助かります。私もお母様ももう若くないですしね」

「はあ」

ゴミを捨てるという小さな手伝いから、家事の大変さや年配者を労わることを学びとってくれればと願うが、表情のない横顔からは何も読みとれなかった。

ゴミを捨てて家に戻ると、沙耶加はこれ以上仕事を頼まれないようにするためか、すぐに自分の部屋に入ってドアを閉めた。「ほかに何か手伝いましょうか」と尋ねてくれることまでは期待していなかったが、十萬里が掃除するのを物珍しそうに見学するぐらいのことはしてほしかった。

溜め息をひとつつくと、十萬里はキッチンの天井から床まで丹念に掃除機をかけた。そのあとシンクをスポンジでこすり、調理台やガス台も磨いていった。それが終わると、床に這いつくばって、固く絞った雑巾で床を隅々まで拭いた。雑巾が真っ黒になったが、四回目でやっと汚れなくなった。

そういえば、食器棚の下半分をまだ見ていなかった。引き戸を開けてみると、アイスクリームメーカー、氷かき器、温泉玉子器、タコ焼き器、エスプレッソマシン、ワッフルメーカー、ホットサンドメーカー、ミキサー、ジューサー、綿菓子メーカーなど、小型調理家電がぞろぞろ出てきた。どうやら二人の娘たちと楽しみながらおやつを作った時期もあったらしい。

いったいどこから歯車が狂ってしまったのだろう。


その帰り、駅に向かう途中で菜々美とすれ違った。

「菜々美さん、お帰りなさい」

「おばさん、またうちに来たの？」

そう尋ねながら、菜々美は立ち止まった。そのまま通り過ぎてもかまわないのに、わざわざ立ち止まるところに、菜々美の寂しさを見た気がした。

「菜々美さん、よかったら駅前でドーナツでも食べませんか」

半ば断わられるのを覚悟でミスタードーナツに誘ってみた。

「どうしよっかなあ。おごってくれるんなら行ってもいいけどね」

強がりだ。本当は誰かと一緒にいたいのではないか。菜々美の部屋に散らばっている、安くはない化粧品や洋服などから、小遣いだけはたっぷりもらっているのを十萬里は見抜いていた。

店に入り、カウンター席に隣り合って座った。

「で、いったい私に何の用なの？　説教するんならソッコーで帰るからね」

　菜々美は生意気な口をきいたが、表情はどことなく嬉しそうだった。

「菜々美さんの家をどうやって片づければいいか悩んでいるものですから、若い人の知恵を借りたいと思いまして」

「おばさんて意外に情けないやつだね。よくそんなんで商売やってるよ」

　菜々美はさも呆れたといった感じで言い放ち、ドーナツにかぶりついた。

「ひとつお尋ねしたいのですが、お母様が見せてくれない部屋には何があるのですか？」

「ああ、あの部屋はね、祐介の部屋だよ」

「ユースケさん、というのは？」

「兄貴だよ」

　はて、家族構成欄に息子はいなかった気がするが……。姑がチェックシートに書き忘れたのか、それとも自分の思い違いか。

「あの部屋は片づける必要ないんだよ。だって、すっごくきれいだもん。机の上は埃もないし、ベッドのシーツはいつもぴんと張ってて皺ひとつないよ。棚には昆虫図鑑や世界文学全集が番号順にびしっと並んでて、本棚の上の地球儀もいつもママが拭いてるから新品同様。ほかの部屋と違って、床に置いてあるのはヴァイオリンのケースだけだから、フローリングの床だってぴっかぴかだよ」

息子だけがきれい好きということなのか。

「それにさ、私と姉貴の部屋は二人で五畳しかないのに、兄貴の部屋は八畳もあるんだよ。しかも南向きだから明るくて開放感があって、うちでは一番いい部屋なんだ」

ひと部屋だけがきれいだというような家庭を訪問したのは初めてだった。

「お兄さんだけがきれい好きだなんて珍しい家族ですね」

「おばさん、聞いてないの？」

菜々美が目を丸くしてこっちを見た。

「聞いてないって、何をですか？」

「兄貴が五年前に交通事故で死んだこと」

絶句して思わず菜々美を凝視した。

「おばあちゃんもいったい何考えてるんだろうね。片づけ屋のおばさんに言ってないとはね」

十萬里は黙ったまま、冷めたコーヒーをひと口ごくりと飲んだ。

「ママの前では兄貴の話題は出さない方がいいかもよ。ママはきっと、むきになって、あの子は死んでない、私の心の中で今も生きてるの、なあんて他人が聞いたら気味が悪いようなこと平気で言うからね。ママはね、兄貴だけがかわいいんだよ。私と姉貴なんてどうでもいいわけ。その証拠に、死んだ人間が一番いい部屋を占領してるんだもん。笑っちゃうよね」

大人ぶってはいるが、菜々美の声は哀愁を帯びていた。三人兄妹なのに、母親の気持ちは死んだ息子だけに向けられている。息子が亡くなったのが五年前ということは、そのとき菜々美は小学校三年生くらいか。以来ずっと菜々美は母親から目を向けてもらえずに暮らしてきたのだろうか。

「お母様は亡くなったお兄さんのお部屋を、いつまで置いておくつもりなんでしょう」

「さあねえ。五年もあの状態だから、一生あのまんまなんじゃないの」

「あそこは官舎ですから、お父様が定年退職なさったら出て行かなければならないでしょう」

「そういうもんなの？」

ぽかんと口を開けた表情があどけなかった。

「お母様は寂しいんですよ。お兄さんが亡くなって、心にぽっかり穴が空いたんです。それをなかなか埋められないのでしょう。子供が死ぬのは親にとっていちばんつらいことですから」

菜々美は黙って聞いていた。大人になる途中の心に、どう響いただろうか。

大人が当たり前だと考えることでも、子供は初めて耳にすることが多いものだ。そして、そのことに気づいていない大人は多い。大人は言葉を惜しんではならないのに、忙しさにかまけて子供を知らず知らずのうちにないがしろにしている。

「兄貴が死んでからのママは心がぶっ壊れちゃってて、こっちは迷惑なんだよ」

「でも菜々美さんも、本当はお母様の気持ちをわかっているんでしょう?」

「あんなクソババアの気持ちなんてわかりたくもないよ」

吐き捨てるように言うが、人恋しいのか身体を擦り寄せてくる。

「学校の勉強はどうですか?」

「全然だめ。最初につまずいちゃったから、もう英語も数学もちんぷんかんぷん」

「それはまずい。いま中二でしょう。このままでは高校受験のとき悲惨ですよ」

「悲惨って……おばさん、はっきり言うね」

「周りのお友だちはそうは言わないですか?」

「誰もそんなこと言わないよ。なんとかなるってみんな言ってくれる」

「菜々美さんはどう思うんですか? 本当になんとかなると思ってますか?」

そう尋ねると、菜々美はテーブルの一点を見つめて暗い表情になった。

「優しいことを言ってくれる人が本当にあなたを想ってくれていると思ったら大間違いですよ」

気恥ずかしくなるような台詞だが、子供にははっきりと伝えた方がいい。

「そんなことわかってるよ。やっぱり説教するんじゃん、おばさん最低だよ」

悪態をつきながらも席を立とうとはしない。

「中学二年の時点でちんぷんかんぷんなら、この先はもっとわからなくなります」

反発して言い返すかと思ったら、菜々美は黙ったままだ。

「このままでは高校には行けないかもしれませんね。となると、菜々美さんの最終学歴は中卒ってことになりますが」

菜々美は両手でドーナツを持ったまま、固まったように動かなくなった。

「アルバイトや主婦のパート仕事でも、応募資格は高卒以上というのが普通です。そう考えると、お先真っ暗ですね」

菜々美は歯を食いしばっている。

「今ならまだ間に合うとは思いますけどね」

「ほんと？」

菜々美が振り向いた途端、ひと筋の涙がこぼれた。自分でもびっくりしたのか、慌てて手の甲で涙を拭う。

「塾より家庭教師の方がいいと思いますよ。菜々美さんの学力に合わせて基礎から順序よく教えてもらえば追いつけるはずです」

貧乏な家の子には勧められないが、菜々美の家なら大丈夫だろう。

「今からでも間に合う？」

すがるような目で見る。

「頑張ればきっと大丈夫です」

そう言って、背中にそっと手を置くと、安心したような顔をした。

「お姉さんの沙耶加さんは、真面目に学校に行っていますか？」

「わかんない。姉貴は家族の誰とも口きかないし」

「でも、一緒の部屋ですよね」

「あの人はママと同じで私のことを空気くらいにしか思ってないんだよ。いつも自分の世界に浸ってるからさ。昔はよく一緒にバドミントンしたりプリクラ撮ったりしたんだけどね」

不良ぶることで、「私を見て」とサインを発信している菜々美の方が、まだマシなのかもしれない。

「お父様は家ではどんな感じですか？」

「パパは仕事が忙しいらしくて、毎朝、早くに家を出て行くし、帰ってくるのは夜中だから、ほとんど会わないよ。夜はリビングの寝袋で寝てるみたいで、ママともほとんど話さなくなった。前はママのことを心配して、パパが頑張って家事をやってた時期もあったんだけど、でも、さすがのパパももう疲れちゃったみたいで、最近は家族全員の洗濯物をおばあちゃんちに持っていって、ときどきおばあちゃんちに泊まってくるよ」

「あら、優しいお父様なんですね」

想像していたのとは違った。

「うん、ほんとはね」

菜々美の頬が微かに緩んだ。


家に帰る途中の坂道で、ふと見上げると枇杷の木にたくさんの白い花が咲いていた。

それを見て、十萬里は故郷に住む叔母の家の庭を思い出した。

叔母には息子が三人いるが、産んだのは四人だ。第一子である娘を小学校三年生のときに白血病で亡くした。早苗という名で、十萬里より二歳年上だった。子供の頃、早苗のお下がりをもらうのが楽しみだった。叔母は洋裁が得意で、スタイルブックを参考にして、田舎の洋品店では売っていない、かわいらしい洋服を作るのが上手だった。

しかし早苗が死ぬと、叔母は生来の底抜けの明るさを失くした。毎日の些細なことがすべて無意味に思えてきたのか、家事もいい加減になった。もちろん洋裁は一切やらなくなり、ふらっと十萬里の家にやってきては、姉である十萬里の母に訴えた。

「近所の人に、『本当にお気の毒』って言われたの」

そう言って、叔母は涙を滲ませた。

小学校一年生だった十萬里は、「オキノ毒」という言葉の意味は知らなかったが、「毒」がつくくらいだから悪い言葉だろうと考え、人には絶対に言わないようにしようと心に決めた。

「そんなこと言われたの？　それはひどいね」

それまで母が泣くのを見たことがなかったので、びっくりした十萬里は、算数のドリルをしているふりをしながら、一生懸命に耳をそばだてた。

「魚屋のおじさんが『時間が経てばどんな傷も癒えますよ』って言うの」

「癒える？　そんな馬鹿な。私、あの魚屋では金輪際、買い物しない」

母は憎々しげに言い放った。

「早苗の担任の先生が言ったのよ。『少なくとも小学校三年までは娘さんと一緒の時間を過ごせたのですから幸せに思うべきです』って」

「最低ね」

「お米屋のおばあさんはなんて言ったと思う？　『大丈夫、また女の子ができますよ』だって」

「信じられない。あんなにいつもにこにこしてて優しそうなおばあさんなのに、そんなひどいこと言うなんて」

「それだけじゃないわ。早苗と同じクラスのお母さん三人が焼香させてくださいって、うちに来たの。そのときね、みんな声を揃えて『お気持ちはよくわかります』って言ったの」

「気持ちがわかるですって？」

母が珍しく大きな声を出した。大人の女性が涙を溜めて大声を出すのなんて、テレビドラマでしか見たことがなかったので、ドリルどころじゃなくなり、鉛筆を置いて母と叔母の横顔を見つめた。どうやら言葉遣いというものは思った以上に難しいらしいと知り、それがきっかけだったのかどうか、十萬里は無口な子供に育っていった。

いま考えてみると、叔母が十萬里の母にだけ心を許していたのは、同じように悲しんでくれたからではないかと思う。慰められることが苦痛で、ただただ一緒に泣いてくれる人を求めていたのだ。慰めようとする人々に悪意がないことは明らかで、そのことは叔母も母も重々承知の上だったろう。それでも、心ない言葉だとして、腹立たしさを共有していた。そんな叔母と母の関係を長年にわたり見てきたので、黙って寄り添うしか術（すべ）がないことを十萬里は知っている。だから、麻実子には何も言わないでおこうと思う。

その当時、母は家庭菜園で野菜を作っていて、叔母の家にお裾分けしていた。ある夏の日、高校生になっていた十萬里は、母に頼まれて野菜を持って叔母の家を訪ねた。部活や受験勉強で忙しくしていたので、叔母に会うのは久しぶりだった。

「早苗も生きていれば、十萬里ちゃんくらいになってるね」

そう言って、十萬里の全身をいとおしそうな目で眺めた。

「世の中って不公平よ。なんでうちの早苗だけが白血病で死ななきゃならなかったんだろう」

叔母の言葉で、十萬里は自分が健康体であることが罪深いような気さえした。早苗が死んでから十年以上が経過していたが、叔母は早苗を失った苦しみから逃れていなかった。叔母の様子から考えても、麻実子はこの先もしばらくは立ち直れないだろうと思えた。


次に訪問したとき、十萬里は浴室と洗面所を丹念に磨くことにした。

その傍で、麻実子はぼうっと突っ立っている。

「すみませんが、私は寝室で横になってていいですか」

「ええ、どうぞ」

最初に浴室内のすべての物を洗面所に運び出した。数種類ずつあるシャンプーとコンディショナーとボディソープ、それに浴室用の椅子と洗面器。それらすべての底面にはカビが生えていて、水垢でぬるぬるしていた。浴室のルーバー窓を全開にして、タイル壁に勢いよくカビ取り剤を吹きつけた。浴室を出てドアを閉め、カビ取り剤が効いてくる間に、運び出した様々な物を洗面所で次々に洗った。スポンジで、きゅきゅきゅっと音がするまでこすり洗いすると、気分までさっぱりする。安全カミソリ、浴用タオル、シャワーキャップなどは、どれも黒いカビがこびりついていたので無断でゴミ箱に捨てた。

洗面所の棚を開けてみると、たくさんの洗剤が出てきた。洗濯用洗剤だけでも、液体と粉末、毛糸洗い用、おしゃれ着洗い用、部屋干し用、襟袖用、泥用、シミ用などがあり、柔軟仕上げ剤にしても、部屋干し用と皺取り用がある。漂白剤もなぜか三本もある。隣の棚を開けると、掃除用の洗剤がずらりと揃っていた。浴槽用、浴室用、水垢取り用、家具用、住居用、フローリング用、ガラス用、畳の拭き掃除用、靴用、布製品用……やる気まんまんの時期もあったらしい。用途別に売ってはいるが、合成洗剤の成分はどれも同じようなものだから、本当は何種類も必要ない。全部捨てたらどうだろう。たぶん一生かかっても、使いきれないのではないか。そう思いながらも、使えるものを勝手に捨てるわけにもいかないので、棚を拭いてから、それらの洗剤を元の位置に戻し、洗面台を磨いて床を掃除した。

それが終わると、浴室のカビ取り剤をシャワーで洗い流し、浴槽を磨いた。

「奥様、掃除、終わりました」

部屋の外から声をかけると、麻実子はどんよりした眼をして出てきた。

「今後は専門業者に掃除を依頼するのも手だと思いますよ。浴室だと二万円くらいしますが、半年に一度くらいで十分ですから」

「ええ」

麻実子は気のない返事をしたあと、ふと壁の時計を見上げて、急にそわそわしだした。

「奥様、何か用事でもおありになるんですか？」

「ある、ある」

いきなり菜々美の声がした。

いつの間に帰っていたのか、十萬里のすぐ背後にいた。「今日はね、兄貴の月命日なんだよ。この人はね、事故現場に花を供えに行くの。それがメシ作るより百倍大切なことらしいよ」

菜々美が毒々しい言葉を吐く。

「私もお供していいですか」

そう尋ねると、麻実子はびっくりしたような目で十萬里を見た。意外にも、それは迷惑そうな顔ではなかった。ほんの一瞬だったが、心を開いたような、柔らかい目の輝きが見て取れた。

「支度するからちょっと待っててください」

麻実子は幾分、しゃきっとした感じになり、寝室に入って行った。

彼女はほんの数分で出てきた。口紅を塗り、髪を整えたらしい。

「なんなんだよ、まったく。片づけ屋のババアも結局はこいつの味方かよ」

菜々美の憎々しげな声を背中に受けながら、麻実子とともに玄関を出た。

前を行く麻実子の細い肩を見つめながら考えた。姑のチェックシートに、孫の死について書かれていなかったのはなぜなのか。姑も麻実子と同じで孫の死を認めたくないのだろうか。

「花屋さんに寄りますので」

麻実子は宿舎を出てすぐのところの花屋に入って行った。

「今日はリンドウがきれいですよ。その周りにかすみ草をあしらったらどうでしょう」

店員は麻実子の事情を知っているらしく、可憐な花を勧めた。

「きれいね。それにするわ」

麻実子は花を見て静かに微笑んだ。

花屋を出ると、前方から歩いてきた二人の女性が揃って会釈をした。品のある服装からして、きっと同じ官舎に住む主婦だろう。麻実子が花束を持って出かける姿を見慣れているのか、どこへ行くのかとも尋ねない。それどころか、すれ違うとき、まるで気味の悪いものを避けるかのように、大袈裟に身体を斜めにして、麻実子に道を譲った。五、六歩行ったところでさりげなく振り返ってみると、さっきの二人の女性も立ち止まり、十萬里を無遠慮に眺めていた。

——あの奥さんの隣にいるのは誰なのかしら。いつもはひとりなのに。

などと二人で話していたのだろうか。目が合うと、慌ててお辞儀をして足早に去って行った。

事故現場は、歩いて五分くらいのところにある高級住宅街だった。十字路に立つ電柱の下に、すっかり萎れてしまった花束がある。麻実子はそれらを持参したゴミ袋に入れると、さっき買ったばかりの新しい花を同じ場所に供えた。そして、目を閉じて合掌する。十萬里も麻実子の横に立ち、同じように手を合わせた。

目を開けて顔を上げたとき、向かいにある立派な門構えの家のカーテンの隙間から、ひとりの女性がじっとこちらを見ているのに気がついた。向こうも十萬里の視線に気づいたのか、さっとカーテンの陰に隠れた。

麻実子は目を閉じたまま祈り続けている。十萬里はその横顔を正視できなかった。子供が死ぬのがどんなにつらいことか、経験はなくても想像しただけで苦しくなる。

目を開けた麻実子は、柔らかな表情になっていた。

「そろそろ帰りましょう」

麻実子のひとことが、「いま息子に会えました」と言っているように聞こえた。

それほど穏やかで幸せに満ちた口調だった。

「二週間後にまた伺いますがよろしいですか?」

「はい」

麻実子は素直にうなずいた。

麻実子の後ろ姿が角を曲がって見えなくなるまで見送った。

さて、自分も帰ろう。一歩踏み出したとき、さっきの立派な門から四十歳前後と見える女性が走り出てきた。

「あのう……失礼ですが、池田麻実子さんのお知り合いの方でいらっしゃいますか？」

どうやら麻実子のことを知っているらしい。「あれっ、もしかして大庭十萬里さんじゃありません？」

近づいてきた女性は驚いたように目を見張り、両手で口を覆った。

「そうですが」

そう答えると、女性はいきなり親しげな笑顔に変わり、握手を求めてきた。「テレビで拝見しています。大ファンなんですよ」

「それはありがとうございます」

「十萬里さんは、池田さんとお知り合いだったんですか？」

「ええ、まあ少し」

依頼人の事情は秘密厳守である。

「こんなこと申し上げにくいんですが……」

女性は、麻実子が供えたばかりの花束に目をやった。「この花のせいで、私どもはいつまでも、あの日の惨事を忘れることができないんです。救急車を呼んだのは私なんですよ。ここは開星中学の通学路なんです。普段はトラックなんか通らないんですが、あの日の朝は配送時刻に遅れそうで焦っていた運転手が近道しようと住宅街に入ってきたんです。そしてこの十字路を左折するとき、前方不注意で男子中学生三人を次々に撥ねたんです。三人とも即死でした。あのときの光景は、いまだに瞼に浮かんできます。うちの家族だけじゃなくて、この十字路に面したお宅はみんな同じように暗い気持ちを今も引きずっています。もちろんお子さんを亡くされた親御さんのつらさは、私たちとは比べようもないでしょう。ですが……」

これ以上言っていいものかどうかと迷うように、女性は宙に目を泳がせた。

「どうぞ、聞かせてください」

「世間には心ない人がおりますでしょう。インターネットの掲示板っていうんですか、ああいうので、この場所が不吉なスポットだという噂が立って、野次馬が次々に見に来た時期もあったんです。だけど、遺族の方に向かって、もう花を供えるのはやめてほしいなんて言えませんしね。主人も我慢しろと申しますので、何も言わずにきたんですが、今後もずっと花を供えるおつもりなんでしょうか。五年前といえば、うちの子供たちは小学生でした。家の前で人が死んだことで、長い間おびえていました」

「おっしゃること、よくわかります。池田さんにそれとなく言ってみます」

「ほんとですか？」

女性の顔がぱっと輝いた。

師走（しわす）に入ると、気温がぐっと下がった。

その寒い昼下がり、十萬里は麻実子の住む官舎に向かっていた。もしかしたら部屋がきれいになっているかもしれない。十萬里がぴかぴかに磨いた浴室や洗面所を見て、今度こそ何か感じるところがあったのではないか。きっと家全体もすっきりしたのではないだろうか。

玄関に出てきた麻実子は、いつもの無表情ではなく、はっきりと迷惑そうな顔をした。

——また来たの？

顔にそう書いてある。

「私が今日お訪ねすることはお伝えしてあるはずですが」

思わずきつい言い方になってしまった。

「知ってますけど」

その答え方に、更にカチンと来た。

「何度も言うようですが、途中で解約していただいても私は全然かまわないんですよ」

「私も何度も言いましたよね。義母が申し込んだので断われないんだって」

断わらないのなら、せめて不機嫌な顔をするのをやめてもらえませんか。喉元まで出かかった言葉を呑み込む。

「では、お邪魔いたします」

持参したスリッパを履いて廊下を進む。リビングは前回来たときと全く変わっていなかったのでがっかりした。

奥さん、いい加減にしてくださいよ。雑誌くらい、さっさと資源ゴミに出したらどうなんですか。まとめて紐でくくるのがそんなに面倒なことでしょうか？　テーブルの上のマグカップは何日間、放置してあるんですか？　濁った液体が膜を張ってますけど、元はなんだったんですか？　何日も洗わずにいられる神経が私には理解できません。だいたい掃除機くらいかけたらどうなんです。掃除機というのはね、箒（ほうき）と塵取りでは大変だからと開発された文明の利器なんですよ。そんな簡単便利な機械さえ使わないって、いったいどういうことですか。埃まみれの中でコンビニ弁当を食べる子供たちの健康を考えてみてください。ご主人は毎日深夜までお仕事なさってるんでしょう？　共働きじゃないんだから、家事は主婦の役目でしょう。だいたい、成長期の子供の栄養ってものをどうお考えですか？　何も私は凝った料理を作れと言ってるわけじゃないんです。肉と野菜をささっと炒めて塩胡椒するだけでもいいじゃないですか。魚であれば、切り身を買ってきて、なんならフライパンで直に焼いたってかまわないんですよ。それさえ面倒だっていうなら、刺身とトマトと豆腐を買ってきてください。火を使わなくてもバランスの取れた食事は作れるんです。ぼうっとしてないで少しは頭を使ったらどうですか。

心の中の声を押し殺そうとすればするほど苛々が募ってきて爆発しそうになる。子供を亡くしたことは同情に余りあるが、だからといってこの自堕落な生活がいつまでも許されていいのだろうか。周りの人間が腫れものに触るようにして麻実子に接しているからこうなるのではないか。誰かがはっきり忠告してやらないと、これから先もずっとこのままだ。二人の娘はどうなる。かわいそうではないか。

「奥様、菜々美さんは寂しがってます。奥様がご長男のことばかり考えておられるから」

「菜々美は小さい頃から反抗的で、私の言うことなんて全然聞かない子供なんです」

「それは、お母さんにこっちを見てほしいというサインでしょう」

「サイン?」

麻実子の驚きようは、十萬里の想像以上だった。他人がひと目見て気づくことでも、当事者が全く気づいていないことがある。だから、たとえ嫌われてもうるさがられても、誰かが口に出して言ってやらねばならない。十萬里は、だんだんと使命感に燃えてくるのを感じていた。

「沙耶加さんは菜々美さんよりも、もっと深刻だと思います。表面に出てこないぶん、心の傷は深いかもしれません」

「そんな……」

「この際ですからついでに申しますが、事故現場に花を供えに行くのはもうおやめになった方がいいと思います」

十字路の邸宅に住む主婦から聞いたことを思いきって話してみた。麻実子は黙って最後まで聞いていたが、キッと顔を上げると、「あなたに私の気持ちがわかってたまるものですか」と低い声で言った。

そう言われるのは覚悟していた。だが、娘たちが子供でいられる時間は残り少ない。母親の愛情を知らずに大人になる娘の将来が心配だった。

「あと数年で娘さんたちは大人になります。心が十分に育っていないのに、ですよ」

そのときに後悔しても遅いんです。奥様、あなたはまだ他人の意見を受け入れられない時期なのでしょう。でも、だからといって私はあきらめませんよ。

「祐介は私のすべてだったんです」

「だけど、二人の娘さんも息子さんと同じ、あなたのお子さんですよ。娘さんたちは母親の愛に飢えています」

「わかったようなことを言わないでちょうだい」

麻実子の尖った口調に、十萬里は怯(ひる)みそうになった。おせっかいな人間なんて今どき流行らない。鬱陶しいだけだ。恋愛に夢中になっている若い女の子に「あの男はやめた方がいい」などといくら言っても聞く耳を持たないのと同じだ。痛い目に遭って初めて目が覚める。でも子育ての場合は、それでは遅い。

「奥様、差し出がましいことを言うようですが……」

「もう来ないでくださいっ」

麻実子が叫んだ。

年も押し迫った頃、十萬里は帰省した。その日の午後、東京土産の舟和の芋ようかんを持って叔母の家を訪ねた。叔母の三人の息子たちもそれぞれ就職で故郷を離れて都会生活を送っている。三人とも大晦日に帰省するらしく、叔母は料理の下拵えに余念がなかった。叔父は碁会所に出かけていて留守だった。

叔母は十萬里の訪問を喜び、料理の手を止めて二人でコタツにあたっておしゃべりをした。叔母は抹茶を点て、お節用に作ったばかりの栗きんとんを御馳走してくれた。点けっぱなしのテレビからは歌番組が流れていた。そのときだ。「生きてりゃいいさぁ」という歌詞がテレビから聞こえてきた。叔母ははっと息を呑み、いきなりテレビを消した。

しばらくすると、玄関の方から声が聞こえてきた。

「回覧板、持って来ましたよ」

男性の声だった。隣家のご主人だろうか。

叔母は食べかけのみかんを置いて、玄関先に出て行った。「今年もお世話になりました。来年もよろしくお願いします」

叔母の、感情の籠らない型通りの挨拶が聞こえてきた。その声を聞いて、隣家のご主人をあまり好きではないのかなと十萬里は思った。

「それにしても、早苗ちゃんが亡くなって、もう五十年近くになるんだね。やっぱり傷を癒やしてくれるのは時間なんだな。奥さんもすっかり元気になってよかったよ」

「来年の町内会の当番は誰だったかしら」

叔母は素早く話題を変えた。

「来年は大田さんの番だよ。しかし、人間てものは、つらいことを乗り越えて成長するんだな」

声の調子から、その男性が得意げに話しているのが目に見えるようだった。

「そんなことありませんよ」

叔母のきっぱりとした声が聞こえてきた。「あのね、時間が経てばすっかり元気になる母親なんて、この世の中にいないんです。私は早苗のことを思い出さない日は一日だってありませんよ。今でもつらくて涙が出ます。その気持ちは生涯、薄らいだりしないんです」

しんとした。

隣家のご主人は、思わぬ叔母の大きな声に驚いて声も出ないのだろうか。

「つらいことを乗り越えたら人間は成長するなんてこと、二度と私の前で言わないでください。子供の死から得られるプラスの面なんて私は要りません。子供が生き返ってくれさえすれば、私は人間的成長なんて要らないんです。それとも、早苗が亡くなる前の私が、ご主人から見てそれほど未熟な人間だったとでもおっしゃるんですか？」

「いや、申し訳ない。奥さん、ほんとすみません」

すぐに玄関の閉まる音が聞こえ、足音が遠ざかっていく。そのあと叔母が、居間には戻らず、そのまま台所へ入っていった気配がした。ひとりになって泣きたいのかもしれない。そろそろ帰った方が良さそうだ。そう思って立ち上がりかけたとき、叔母がミニサイズの缶ビールを二つと柿ピーの袋を抱えて居間に入ってきた。

「十萬里ちゃん、一杯だけつき合ってよ」

叔母は泣いてはいなかった。わざとなのか、平然とした表情をしている。

「心配しないで。私は大丈夫だから。長男の勧めで会合に出るようになって、変わったのよ」

「会合って？」

怪しげな新興宗教でなければいいがと心配した。

「誰もメンバーになりたがらない会よ。〈子供を亡くした親の会〉に入ったの。それまでは自分ひとりが不運に見舞われたように思ってた。だって世の中を見渡せば、何ごともなく幸せそうな家族で溢れてるでしょう。だから、私ひとりが子供に先立たれたように感じてたの。でも、違った。同じ仲間がたくさんいたの」

そう言って叔母は缶ビールのプルタブを上げた。「隣のご主人に悪意がないことはわかってるの」

叔母は柿の種をひとつつまんで口に入れた。「だけど、こうも毎年言われると嫌になるわ。早苗が死んだときもいろんな人がいろんな慰めを言ってくれた。でも、ちっとも慰めにならないどころか、声をかけられるたびに腹が立ったし悲しかった。でもね、〈子供を亡くした親の会〉に入って学習したの。彼らの慰めの言葉は無知から来てるってこと。会ではね、他人に何を言われても気にせず聞き流しましょうっていう考え方が主流なの。でも私はそれは違うと思うようになった。無知の人には真実を知らせようって思った。その方がお互いのためだって気づいたの。そんな単純なことに気づくのに五十年もかかっちゃったけど」

今後、隣家のご主人は二度と不用意な言葉を口にしなくなるだろう。そして、それは彼の妻にも伝わり、妻から近所の主婦たちにも伝わるかもしれない。そうなれば、叔母は無神経な慰めの言葉を聞かされる回数もぐんと減り、ストレスや憤りから少しは遠ざかることができるはずだ。

麻実子も、そういった会に入ればいいのではないか。悲しみを共有できる仲間を得ることができれば、少しは前向きな気持ちになれるかもしれない。家に帰ったら、どういった会があるのかを早速ネットで調べてみよう。

子供を亡くした原因は様々だ。交通事故、病気、自殺、殺人……。

死亡原因が同じ方が、より一層仲間意識が芽生えて孤独感が和らぐのではないか。とはいえ、交通事故死をひと括りにするのは乱暴だ。例えば、自分で飲酒運転して電柱に激突死したのと、トラックにひき殺されたというのとでは親の気持ちも違うのではないか。麻実子の息子と同じような死に方をした子供を持つ親の会はないだろうか。明らかに運転手側に非があり、恨もうにも運転手は死んでしまっていて……そして、できれば死んだのが男の子で、それも中学生くらいで……いや、いくらなんでもそこまで細分化された会はないかもしれない。

あっ、そういえば、あの事故では、麻実子の息子以外に男子中学生二人が死んだのではなかったか。ほかの二人の生徒の母親は、今どこでどのように暮らしているのだろう。

正月を故郷で過ごしてから帰京すると、十萬里は早速、国会図書館に行き、当時の新聞を捜し出した。

――＊日の午前8時過ぎ、開星中学（東京都千代田区）の2年生男子3人を大型トラックが次々にはねた。3人は病院に搬送後、死亡が確認された。死亡したのは池田祐介さん（13）、竹田勇樹さん（14）、森村太郎さん（13）。運転手の笹田洋二容疑者（42）はそのまま前方の電柱に激突し即死。

ほかの二人の母親に連絡を取る方法はないものか。記事のコピーを取ってから図書館を出ると、その足で開星中学に向かった。個人情報保護法が邪魔をして門前払いされる可能性が大きいとは思ったが、ダメもとで頼み込んでみよう。

応接室に通されて待っていると、三十歳前後と見える、すらりとした男性が入ってきた。

「野村と申します。私は当時、亡くなった三人の担任をしておりました」

まさか当時の担任に会えるとは思っていなかった。私立の学校というのは、教師の転勤がないので、こういったときに助かる。事故当時、彼は大学を出てまだ三年目だったという。名刺交換をしていると、校長も入ってきて挨拶を交わした。

十萬里は、麻実子の現在の無為な暮らしぶりについて話した。若い担任は時々涙ぐみ、校長は何度もうなずきながら熱心に耳を傾けてくれた。

「あの事故は、クラス替えがあって間もない時期でした。春の保護者会もまだでしたから、お母様方はお互いに顔見知りではないと思います。事故のあと、学校側で引き合わせるべきだったのですが。何しろこちらも混乱していたものですから……」

「竹田さんと森村さんの連絡先を教えていただきたいんです」

「ご存じのように、個人情報保護法の関係で、ほかのご家族の連絡先をお教えすることはできません。しかし、そういうご趣旨なら、私どもの方から二人のお母様方に連絡を取りましょう。そのあと、お母様方が大庭さんにご連絡なさるかどうかについては、向こうのご意思に任せるということでよろしゅうございますか」

「それで結構でございます。ありがとうございます」

十萬里はバッグの中から二通の封書を取り出した。遺族に宛てて書いたものだ。「これをお渡し願えないでしょうか」

「承知しました」

校長は封書を押しいただくようにして受け取ってくれた。

それから数日して、双方の母親から連絡があり、麻実子と十萬里を含めた四人で会うことになった。十萬里が待ち合わせ場所であるホテルのラウンジに着くと、約束の二十分前だというのに麻実子が既に来ていた。

「今日はありがとうございます」

麻実子は立ち上がって礼儀正しくお辞儀をした。家で見る麻実子とは違っていた。四十半ばだが、ベージュのワンピースが清楚な印象を与え、細身で美しかった。元客室乗務員というのが初めてしっくりきた。

「あれからどうですか？　片づけは進みましたか？」

「……いえ、全然」

「そうですか」

麻実子に会うのは、喧嘩別れのようになって以来だったので気詰まりだった。

そのとき、ひとりの女性がこちらへ向かって歩いてくるのが見えた。ラウンジにはたくさんの客がいたが、十萬里の顔をテレビで見たことがあるのか、迷うことなく近づいてくる。だが、麻実子と同世代と思えないくらい、老けた女性だった。

「初めまして。森村太郎の母の小夜子でございます」

十萬里と麻実子が立ち上がると、小夜子のすぐ後ろから、若い茶髪の女性が近づいてきた。ミニスカートにウエスタンブーツという出で立ちで、元ヤンキーといった雰囲気が漂っている。

「竹田勇樹の母親の竹田美香です」

お辞儀のつもりなのか、美香は顎をひょいと前へ突き出した。

テーブルを四人で囲み、飲み物を注文した。

「私、高年齢出産なので、もう五十五歳です。十萬里さんよりひとつ上です」

小夜子は、みんなの心の中の疑問に答えるかのように自分から言った。埼玉県の大宮に住んでいるという。

「竹田さんは、ずいぶんとお若いんですね」

小夜子が美香に向かって言った。

「勇樹を産んだのが十九歳のときだから、まだかろうじて三十代なんだよね」

口調もぞんざいだ。息子を開星中学に入れるようなインテリ家庭の母親には見えなかった。

「うちのダンナはあたしより十五歳も年上で歯科医なんだ。あたしが虫歯の治療に行ったときにナンパされたの」

美香もまた、みんなの疑問に答えるように自分から説明した。「ダンナの親が教育熱心でさ、下の子も開星を受験したんだけど落ちて、今は公立に通ってる。死んだ勇樹は頭もよかったけどスポーツも万能だったの。だからダンナの親にとって自慢の孫でさ。それに比べて下の子はあたしに似ちゃったのか、勉強もスポーツもさっぱり。でも、いいんだ。生きてるだけで十分だもん」

初対面とは思えない、美香のざっくばらんな話し方は、それまでの張り詰めた空気を吹き飛ばした。

「私はね、あの事故の一年後に離婚したの」

小夜子もくだけた物言いになった。「太郎が死んだなんて絶対に認めたくなかった。長年にわたる不妊治療でやっと授かった子供だったんだもの。だから離婚はしたくなかった。だって、太郎の思い出を共有できるのは主人しかいないんだから」

「じゃあ、なんで別れたの？」

美香は、自分の母親のような年齢の小夜子にも、友だちに対するような口調で尋ねた。

「姑に別れさせられたようなもんね。どうしても後継ぎが欲しかったみたい。主人は離婚して一ヶ月後に、姑の強い勧めで若い女性と再婚したわ。今では子供も二人いるらしい。私は専業主婦だったから手に職もないし、自活できなくて実家に帰ったの。去年、父が亡くなって、今は母と二人暮らし。パート収入と母の年金を足して、ぎりぎりなんとか。池田さんは、ほかにお子さんはいるの？」

「ええ、まあ」

麻実子が小さな声で答えた。「娘が二人」

「あら、羨ましい」

小夜子が言うと、麻実子は目を伏せた。

「片づけ屋の十萬里さんの前でこんなこと言っちゃなんだけどさ」

そう言って、美香が親しげな目でこっちを見た。「あたしね、勇樹が死んでから、掃除なんてしなくていいと思うようになったんだ。勇樹があんなに早く死ぬってわかってたら、家事なんかしないで、ずっと勇樹とおしゃべりしていたかったよ」

「私はね、あの事故のあと、よその家族が普通に暮らしているのが許せなかった。どうしてうちの子だけ死ななきゃならないのかって思うと……」

小夜子が声を詰まらせる。

「わかるよ。よその家の話なんか聞いてるとさ、子供が近眼になって眼鏡かけなきゃならなくなったとか、成績が落ちたとか、野球部でレギュラーになれなかったとか、そういったことが一大事じゃん。子供が死んでない家じゃあ、ずっと同じ生活が続いてるのに、うちは勇樹が死んじゃってから、もう前の生活には戻れない。表面上は同じように見えても心の中が全然違う」

「そういうのって、時間が経ってもだめね」

「うん、全然だめ」

小夜子と美香の会話が続く。麻実子は蚊の鳴くような声で「そうですね」とか「なるほど」などと相槌を打ちながら、コーヒーを飲んでいる。

「子供の分まで頑張って生きてねなんて他人に言われるたびに、ぶん殴ってやろうかと思うよ」と美香。

「私は自分に暗示をかけるようになった。太郎が生きられなかった時間を、私がいま代わりに生きてるんだって。そしたら、明るく元気に暮らさなきゃと思うようになった。といっても、心の底から明るくなれるわけじゃないけどね」

「あたしはさ、心の中に勇樹がいるんだよ。つまり一心同体で生きてるわけ。だから勇樹は毎年ちゃんと歳を取ってて、いま十九歳なんだ。そんで、あたしの勝手な想像の中では帝都大学の医学部に通ってる」

「帝都大学？　それも医学部？　ずいぶん大きく出たわね」

小夜子が笑うと、麻実子もうっすらと微笑んだ。

「だって開星中学に行ってたんだから、可能性はあるじゃん」美香が唇を尖らせる。

「でも……」と、美香は言葉を詰まらせた。「本当はさ、生きていてさえくれれば高校中退のフリーターでもよかったんだけどね」

「うん、確かに……」と小夜子。

美香がごくんと生唾を呑み込んだ。歯を食いしばって涙をこらえているらしい。

しんみりした雰囲気になる。

「池田さんは、どう？」と小夜子が麻実子に話を振った。

「はい……祐介は、私の心の中では歳は取っていなくて十三歳のままです」

「うちの太郎も中学生のままよ。人それぞれね。それにしても、今日は堂々と息子のことを話せるのがとっても嬉しい。こんなの初めて」

「私もです。今までは祐介のことを人前で話すことができませんでした」

やっと麻実子が自分から話し出した。「周りの人は気を遣ってくれて、祐介の話題はタブーだと思ってるみたいです。でも私は一日だって忘れたことがないんだから、あの子の話題が出るのはすごく自然なことなんです」

「そうなのよ。思い出させるようなことを言ったら傷口がまた開くと思ってるみたいね。だけど、傷は癒えてないんだから、開くも何もないんだけどね」と小夜子。

「だけどさ、勇樹があたしの心の中だけで生きてるなんて、やっぱ寂しいじゃん。だからダンナや下の子とは勇樹のことをしょっちゅう話すことにしたんだよ。そしたらやつらの心の中でも勇樹が生きてるって感じられて、あたし、ちょっとだけ楽になったんだよ」と美香。

昔の人はどうだったんだろう。ふと十萬里は考えた。かつて栄養状態も衛生状態も悪くて、薬もなくて子供がたくさん死ぬ時代があった。そんなに昔の話ではない。人々は、その悲しみをどうやって乗り越えてきたのだろう。今は平均寿命が延びて、長生きするのが当たり前になった。医療も発達し、病気も治るようになっている。そんな現代に生きている自分たちは、喪失への対処の仕方を知らないのではないか。

ふと先人の教えを乞いたい気もしたが、その一方で、時代を問わず、子供の死を乗り越えるなんて誰にもできないのではないかとも思う。ただ昔は、子供がたくさん死んだから、喪失感を共有できたのではないか。自分だけじゃない、みんなつらいんだといった思いが慰めになっていたのではないだろうか。

「勇樹が死んだ次の年に、うちのダンナが歯科医院を開業したの。そのとき、それまで住んでたところを売り払って、少し離れた地域に引っ越したんだよ。顔見知りのいない土地に行きたかったの。道で会うたびに余計な慰めの言葉を聞かされるのがたまんなかった。いま住んでいる近所の人たちは、勇樹が死んだことを知らないから気分が楽なんだよ」

「変に気を遣われると疲れるよね」

小夜子が静かに言った。

「私、今日ここに来るために、このワンピースを買ったんです」

麻実子がいきなり話題を変えた。そして自分の着ているベージュのワンピースの裾をつまんでみせた。

「それ、すげえ上品そうじゃん。あたしも欲しいな。どこで買ったの?」

美香の率直さが微苦笑を誘い、場がなごむ。

「銀座のオールドローズっていうブティックです。その店で、母親の集まりに着ていくことを話したら、お子さんは何人ですかって聞かれたんです」

しんとした。美香も小夜子も息を詰めて、麻実子の唇を見つめている。

「三人ですって答えました」

「そんなの当たり前だよ。あたしだって二人って答えるよ。勇樹は今はいないけどさ、生まれたのは事実なんだし」

「そうよ、私も息子がひとりいるって答えるわ」

二人がそう答えると、麻実子は嬉しそうな顔をした。

「祐介が死んで間もないときに、主人の両親の計らいで家族全員で食事に出かけたことがあるんです。そこの料理長が義父の古くからの知り合いだったので、厨房から出てきて料理の説明をしてくれました。そのとき、お孫さんは何人ですかって料理長が尋ねたんです。みんな一瞬はっとしました。そしたらうちの主人が慌てて娘二人ですって答えたんです。祐介が勘定に入ってないんですよ。それ以来、主人とはしっくりいかなくなったんです」

「ご主人は気を遣ったんでしょ。だって子供は三人だって答えたら、じゃあもうひとりはどうして今日は来ないのかって聞かれるかもしれないじゃん。そしたら事故のことを話さなきゃなんなくなって、料理長はどういう顔していいかわかんなくなる。まずいこと聞いちゃったなって」

「それは……わかってるんだけど」

「もう許してやんなよ」

「……考えてみます」

「なあんて、偉そうに言っちゃったけど、実はあたしもダンナには頭に来てるんだ。勇樹が死んでからしばらくの間、あたしはあの子のお気に入りだったジャンパーをいつも着てたの。だってそのジャンパー、勇樹の匂いがするんだよ。そしたらダンナが気味悪いだとか縁起でもないって言い出したんだ。回し蹴り喰らわせてやったよ」

「えっ、回し蹴り？」

みんな一斉に笑う。

「だってさ、勇樹がこの世に生を享けたのも事故で死んだのも、秘密でもなんでもないよ」

「そうよ。堂々と悲しんでいいのよ。ジャンパーの匂いくらい嗅いだっていいじゃない」

小夜子が言うと、麻実子はうんうんとうなずいている。今でも息子の洋服を抱きしめることがあるのだろうか。

「でも、みんな偉いわ。きちんと生活してるのね」

小夜子が溜め息混じりに言った。「池田さんは、ちゃんと銀座までワンピースを買いに行ったんでしょう。竹田さんは、なんだかんだ言っても歯医者さんのご主人とうまくやってて、次男さんもちゃんと育ててる。私なんか、太郎が死んでからすべてが無意味に思えてきちゃってね。昔は美容院にも頻繁に行ってたし、ネイルサロンで爪の手入れをしてもらったりしてた。だって高年齢出産だから、息子のために少しでも若くいようと思って努力してたのよ。ほかにも、趣味でパッチワーク教室に通ったりして。でもね、太郎が死んだら、そんなの全部どうでもよくなっちゃった」

「私も同じですよ。銀座に出かけたのだって、祐介が死んで以来初めてのことです。家事もしてないし家の中もぐちゃぐちゃで、それを見かねた主人の母が十萬里さんに片づけをお願いしたくらいですから」

「あら、そうだったの」と小夜子が驚く。

「それ、早く言ってよ。池田さんて十萬里さんを家に呼ぶくらい片づけに熱心できちんとした奥様なんだと思ってたよ。あたしもさ、実家の母に厳しく注意されちゃってね。美香、あんたは子供が死ぬっていう究極の試練の中で生きてる。そんな中で頑張ってみせれば天使になった勇樹が……」

美香はそこで声を詰まらせた。「勇樹がね……勇樹がきっと褒めてくれるよって母が言ったんだ」

美香はハンカチに顔を埋め、声を押し殺して泣いた。それがきっかけとなったかのように、麻実子も小夜子も同じようにハンカチを目に当てて、しゃくり上げ始めた。周りの客が一斉にこちらを見る。

三人は泣き続けた。息子たちが死んでから五年間、ずっと我慢してきた悲しみを、いま一気に流しているかのようだった。十萬里ももらい泣きしそうになったが、子供を亡くしていない自分が泣くのは悪いような気がして、ぐっとこらえた。

しばらくして小夜子が顔を上げ、洟をすすりながら十萬里を見て尋ねた。

「客観的に見て、この悲しみはいつか乗り越えられると思いますか？」

十萬里は子供を亡くした経験はないが、叔母の生活から感じ取ったものはたくさんあった。それが少しでも役立てばと願う。

「たぶん……一生、乗り越えられないと思います」

そう答えた途端、美香が噴き出した。それを合図に小夜子が涙で濡れた頬のまま声を出して笑い、麻実子も鼻を真っ赤にしたままくすくすと笑い出した。周りの人々が、またもや一斉にこちらを見た。泣いたり笑ったりと忙しい変なおばさんたちだと思われているに違いない。

「一生乗り越えられないだなんて、そんなにはっきり言ってくれたのは十萬里さんが初めてですよ」と小夜子。

「そうだよ。そのうち悲しみが和らぐよって、みんな簡単に言ってくれちゃうんだよ。あたし、勇樹が死んでから性格が変わったよ。かっこつけて言うと、人の痛みがわかる人間になれた。それまでは他人のことなんてかまっちゃいられねえって感じの生き方だったけど」

麻実子も小夜子も、うなずいている。

「でもさ、勇樹が生きてさえいてくれたら、人の痛みなんかわかんない人間のままでかまわないけどさ」

「確かに」と小夜子。

「あたしはさ……」

言いながら美香が再び泣き顔になり、ハンカチを握りしめる。「あたしはね、勇樹にね……会いたいんだよ。勇樹に会いたい、会いたい！」

苦しい叫びだった。次の瞬間、三人が声を上げて泣き始めた。周りの人がまた一斉に見るが、そんなことは、もうどうでもよかった。きっと彼女らは、子供が死ぬ前と後とでは別人なのだろうと十萬里は思う。子供を亡くす経験は、人を完全に変えてしまう。

「差し出がましいようですが」

泣きやむのを待って、十萬里は提案した。「年に一回くらいは三人で会ったらどうですか。そして、息子さんたちに手紙を書くんです」

「手紙、ですか？」

不思議そうに、目を真っ赤に泣き腫らした麻実子が尋ねる。

「それを三人で回し読みして、正月のどんど焼きで燃やすんです。その灰が天国に昇っていきますから」

それは、叔母が所属している会が最近やり始めたことだった。

「うん、やろう。十萬里さん、ほんとにありがとね。声かけてもらって嬉しかったよ。少し楽になった」

「私もです。死ぬまで悲しみは癒えないという覚悟ができてよかったです」と小夜子。

「ほんと、来てよかったです。十萬里さんのお陰です」と麻実子。

この集まりを催して良かった。麻実子が初めて心中を吐露してくれた。仲間を得て、少しは前向きな気持ちになってくれるかもしれない。

ある日の夜、麻実子の姑から電話があった。

——ごめんなさいね。孫息子が死んだことをチェックシートに書かなくて。

「どうして、お書きにならなかったんですか?」

——何も知らずにあの家に行ってもらいたかったのよ。死んだ息子の部屋だけをきれいにしているという事実を知ったときの、あなたのショックを受けた表情を麻実子さんに見てほしかった。他人が見たら、どれほど変に映るかを、あなたの表情から感じ取ってもらいたかった。本当は聡明な人だからきっと感じるものがあると信じてたの。

「片づけの指導ができなくて、すみませんでした」

——とんでもない。いろいろと言ってくださったこと、感謝しています。それに、あなたのお陰で麻実子さんは変わりましたよ。台所をきれいに片づけたんです。そして、ちゃんとご飯を炊いて夕飯を作るようになったんですよ。

「ほんとですか？」

——あなたの言葉が、後になってじわじわ効いてきたんじゃないかしら。そういうこと、よくあるわ。厳しいことを言われたときって、誰しも反発するけど、そのあと何度も頭の中で反芻するもの。

真偽のほどはわからない。それほどすぐに人間が変われるとも思えなかった。

ただ、姑は優しい人であるらしい。気遣って言ってくれているのだろう。

その後、多忙な日々が続き、麻実子のことは思い出さなくなっていた。

夏も終わりに近づいたある日、新しい依頼人の家が、麻実子の住む官舎の隣の駅だったので、十萬里はふと思い立ち、事故現場に立ち寄ってみた。十字路に立つ電柱に、花はなかった。確か昨日が月命日ではなかったか。踵を返そうとしたとき、立派な門構えの邸宅から、いつかの主婦が出てきた。満面の笑みで、十萬里の著書である『あなたの片づけ手伝います』とサインペンを差し出してくる。

「サインしてくださいます？」

「ええ、もちろん」

快く引き受けながら、麻実子のことを尋ねてみた。

「あれは、いつだったかしら。三人の女性が、この電柱のところにいらしたんです。その中のひとりは例の池田さんでした。手を合わせて、長い間祈っておられました」

庭の手入れをしながら三人の様子をうかがっていたら、麻実子が声をかけてきたという。

──花を供えるのはもうやめました。今までご迷惑をおかけしました。

そう言って深々とお辞儀したらしい。

「こちらとしては助かったんですが、なんだかかわいそうでね。慰める言葉が見つかりませんでした」

主婦が静かに言った。

その帰り、駅に向かう途中で菜々美に会った。

「あら、菜々美さん、偶然ですね」

本当は偶然なんかじゃなかった。下校時刻を考慮して待ち伏せしていた。「ドーナツでも一緒にいかがですか」

菜々美は歯を見せてにっと笑い、「悪いね、おばさん」と言いながらついてきた。以前から比べると、尖った感じがなくなった。髪も黒くなり、つけまつ毛もつけていない。

「あれからどうですか？　家の中はきれいになりましたか？」

「家族みんなで夏休みにゴミをたくさん捨てたよ。それと、部屋割りを変えたんだ。一番広い兄貴の部屋をパパとママの部屋にして、姉貴がママの部屋に移ったの。私は今までと同じ部屋だけど、姉貴が出て行ったから広くなった」

「そう、よかったですね。で、お兄さんの荷物はどうしました？」

「ママが段ボールに詰めてクローゼットの奥にしまったよ。ついでにパパの寝袋も捨てた。そんで、パパは夏休みを取ってママと二人でハワイに行ったんだよ。その間、私と姉貴はママの実家で食べ放題マンガ読み放題だよ」

「その後、勉強の方はどうですか？　家庭教師をつけてもらいましたか？」

「ううん。家庭教師じゃなくて英語はママが教えてくれてる。そんで、パパが数学。ママはさすがスッチーだっただけあって発音もいいよ。だけどね、パパは帝都大出てるくせに、中三の数学の答え、間違ってやんの。情けねえったらありゃしない」

「沙耶加さんは、いかがですか？」

「相変わらずやばいよ。妄想の世界に生きてる。今月は小学生の気分だとか自分で言っちゃってさ、ママにべったり甘えてるんだよ。一緒に料理作ったり洗濯物を畳んだりしてさ。もう見てらんないよ。いい歳して馬鹿みたい。高校生っていったら、本当ならうおばさんだよね」

そう言うと、頬を思いきりへこませて、ストローでシェイクを吸い込んだ。「そういえば、ママがおばさんに会いたがってたよ」

「あら、どうしてでしょう」

「やっぱり片づけの方法を教えてもらいたいんだとさ。今さら何言ってんだろうね。兄貴の事故仲間のおばさん三人でしょっちゅう会ってるらしいんだけど、喫茶店やレストランだと、大声で泣いたり怒鳴ったりできないんだって。怒鳴るっていうのは、兄貴たちを殺した運転手に対してだよ。まっ、その運転手も即死だったわけだけど、恨みは消えてないみたいだから。うちは開星中学に近いでしょ。ほかのお母さんたちも、保護者会のたびに来てたから、この地域に馴染みがあるんだよね。だから、私んちに集まるのが最適でしょうってママが。人が集まるとなれば家をキレイにしたいんじゃないの？」

「菜々美さん、お母さんに伝えてください。片づけなら大庭十萬里にお任せくださいって」

「うん、わかった。言っとく」

そうとなったら、片っ端から掃除をしたくなった。十萬里は掃除が大好きだった。見る間にきれいになっていくのが爽快なのである。自分の家は常にきちんと片づいているからつまらない。

麻実子の家がきれいになっていく様子を想像すると、心が躍った。

解説

吉田伸子（書評家）

あぁ、十萬里さんが実際にいてくれたら！
そんなふうに思ってしまうのは、私だけだろうか。実は私たちは、みんな片づけて欲しいのではないか。こんがらがった自分の心を。頑なに凝り固まった気持を。誰かにそっとほぐしてもらいたいのではないか。

本書は、「片づけ屋」の大庭十萬里の〝事件簿〟だ。いわゆる汚部屋に暮らすアラサー独身OL。奥さんに先立たれ、男やもめになった職人。資産家の独居老女。一部屋だけしか片づけられない主婦。四人四様の片づけられない事情は、程度の差こそあれ、私たちにも他人事では済まされないものがある。

大手生命保険会社の広報部で働く春花は、三十二歳独身。四十平米という、一人暮らしには贅沢な広さの1LDKに住んでいる。ところが、この春花の部屋というのがとんでもない汚部屋。何せ、訪れた十萬里さんがすぐさま虫に食われ「春花さんは、ここに住んでいて痒くなりませんか？」と尋ねたほどなのだ。床にはレジ袋から蒲団乾燥機、毛皮のコートまで、ありとあらゆる物が散らばり、キッチンの床もベランダもゴミ袋の山、寝室のベッドは物がいっぱいで、ベッドと収納ボックスの間の細長い隙間に敷いてある蒲団が万年床。一人暮らしの大学生男子でも、ここまで荒れないだろう、と思ってしまうほどのプチゴミ屋敷、それが春花の部屋なのだ。

十萬里さんは「片づけ屋」を名乗ってはいるものの、実際に十萬里さんが片付けるわけではない。最初の訪問から次の訪問までの間に、こなさなければならない〝宿題〟は出すものの、こうやって、ああやって、と手取り足取り片づけ方法を指南するわけではない。なぜなら、十萬里さんが興味があるのは、「家がゴミ溜めのようでも平気でいられる心理状態」だからだ。それ故、見るからにだらしない人間よりも、「会社ではきちんと仕事をこなしている女性だったり、エリートサラリーマンの妻だったりする方が断然興味深い」。「外面との大きなズレの要因」を探り当てるのが、十萬里さんが仕事に感じる醍醐味なのだ。

その意味で、春花はまさに十萬里さんの腕がなるような対象だ。大企業に務める高給取りであり、住まいのグレードも高い。傍目には〝勝ち組〟にしか見えない春花なのに、どうして汚部屋に住んでいるのか。しかも、なぜ自分から汚部屋を片付けようとしないのか。十萬里さんは、春花が持っている冷蔵庫のサイズや家具を見て、結婚の予定があるのでは、と水を向ける。案の定、春花には付き合っている相手がいて、結婚することは決まっているというのだが、相手の年齢が四十一歳、さらに付き合って五年になる、と聞いた十萬里さんは「長い……」とつぶやき沈黙する。この、すかさず「長い」と口にする十萬里がね、実にいいんですよ。たとえクライアントでも、言いたいことはきっちり言う。機嫌を取るようなことは言わないのだ。

付き合っている相手がいるのなら、なおさら、どうしてこんな汚部屋に住んでいられるのか。そんな読者の疑問は、読み進むうちにクリアになる。加えて、春花が同期入社で広報部の同僚、綾子にいいように使われていることも明らかになっていく。そう、春花の問題は、十萬里さんが初見で見抜いたように、〝自分の言いたいことを言えずに溜め込んでしまう〟ことにあったのだ。部屋を埋め尽くす夥しい物たちは、言いたくても言えない春花のストレスの表れでもあったのだ。

十萬里さんが凄いのは、そのことをズバリと指摘するのではなく、春花が自分で気がつくように、粘り強く答えが出るまで導くところだ。初めて春花に会い、近所のカフェで話をした時、十萬里さんはいっとう最初に春花に尋ねる。「春花さん、もしも明日が人生最後のゴミの日だとしたら、どうします?」

この言葉が、「片づけ屋」としての十萬里さんの背骨であり、十萬里さん自身を支えているのだと思う。そんなことは現実にありえない、と言う春花に、十萬里さんは言う。

今やゴミ処分場はどこも満杯だから、そういう日が来てもおかしくないと私は思っている、と。

この言葉、読んでいるこちらにも、じわじわと効いてくる。うちは汚部屋じゃない、と胸を張って言える人でも、もし、明日がゴミ出しできる最後の日だとしたら、捨てたい物、不要な物はゴミ袋の一つや二つ、いや、三つか四つは必ずあると思う。十萬里さんの問いは、現実に云々ではなく、要するに覚悟の問題なのだ。不要なものが一つもない、と言い切れるような暮らしを、あなたはしていますか？ できていますか？ と。そういう不要なものを抱えている暮らしを、あなたは良しとするのですか？ と。

十萬里さんの導きで春花が取り戻すのは、春花自身だ。嫌なことにはきちんとNOと言える自分だ。変わるのは部屋ではなく、春花なのである。そこがいい。

この春花のケースの後に続くのは、妻に先立たれた木魚職人だ。こちらは、死んだ妻が家事の一切を担っていたため、家事能力ゼロの老人のケースだ。その次は、子どもたちが巣立った後、一人豪邸に住み続け、来ることのない「いつか」のために物を捨てられずにいる老女。最後は最愛の息子を交通事故で喪って以来、家事を放棄してしまった主婦。

垣谷さんの設定が絶妙だと思うのは、これらのケースの依頼人が、当事者の親だったり（春花の場合）、娘だったり（木魚職人と資産家の女性の場合）、義母だったり（家事放棄の主婦）と、当事者本人でない点だ。つまり、当事者たちは何の不便も不満も不安も感じていない、という点なのだ。そこに、こんがらがってしまった当事者たちの問題の根深さを浮き上がらせているからだ。

十萬里さんは、そんな当事者たちを頭ごなしに否定するのではなく、凄腕の整体師が凝りのツボを的確に見つけ出すように、一つ一つ彼らの現状の矛盾を突いていく。木魚職人の場合は、彼が自分で自分の身の回りのことをするようになりさえすれば、不登校になった息子を抱えて、仕事と家庭とであっぷあっぷになっている娘の負担が減ること。現状では彼が娘のお荷物になっていること、を少しずつ気づかせていく。

資産家の老女には、彼女には宝物でも、残される子どもにとっては、ただの不用品であること。十萬里さんが彼女に言う「女も五十歳を過ぎたら死ぬ用意をすべきだと思います」「老後の安心のために残すべきは、物ではなくてお金ではないですか？　例えば、気に入らない洋服を残しておくより、洋服を買う楽しさを残しておいた方がいいとは思いませんか」という言葉には、はっとさせられる。

家事を放棄した主婦の場合だけは、十萬里さんが自ら動いた。息子を喪った悲しみに囚われている主婦には、気力も体力も残っていなかったからだ。彼女には息子の他に娘も二人いるのだが、彼女の目には娘たちの姿は映っていなかった。十萬里さんは、主婦だけではなく、彼女の娘のケアも同時に行なっていくのだが、そのためにはまず、主婦の悲しみをどうにかして和らげなければならない。そんな状況に十萬里さんがどう対応したのか、は実際に本書を読まれたい。崩壊寸前だった一つの家族が、十萬里さんによってぎりぎり持ちこたえて回復していくその様に、思わずほっと息がもれる。

そう、十萬里さんが片づけるのは、家や部屋ばかりではない。その状態を作り出した人の心を片づけるのだ。どうしてそうなってしまったのかを丁寧に突き詰め、その現状を当人に理解させ、どうすればその状態から抜け出せるのかを考えるように、巧みに誘導するのだ。そして、彼らは気づく。これは、自分が招いたことなのだ、と。自分の弱さの表れ——NOと言えない自分だったり、身の回りのことを人任せにして来たツケだったり、老後も一人で生きて行く覚悟がなかったり、喪ってしまった息子への執着だったり——が、この状態を作り出してしまったのだ、と。

私たちは、鏡を通してしか自分の顔を見ることができない。それと同じように、自分の弱さは、自分には見えない。もし見えていたとしても、それを直視できない。直視できるほど、強くない。でも、だから。十萬里さんに指摘して欲しい。声高にではなく、そっと囁くように。弱さに搦めとられている状況から抜け出せるように、ほんの少し、背中を押して欲しい。

十萬里さんが実際にいないのは残念だけれど、大丈夫。私たちにとっての十萬里さん、それが本書なのである。

本作品は二〇一三年十一月、小社より単行本刊行されました。

双葉文庫

か-36-06

あなたの人生、片づけます

2016年11月13日　第１刷発行
2024年 4月24日　第43刷発行

【著者】
垣谷美雨

【発行者】
箕浦克史
【発行所】
株式会社双葉社
〒162-8540 東京都新宿区東五軒町3番28号
［電話］03-5261-4818(営業部)　03-5261-4831(編集部)
www.futabasha.co.jp（双葉社の書籍・コミックが買えます）
【印刷所】
大日本印刷株式会社
【製本所】
大日本印刷株式会社
【カバー印刷】
株式会社久栄社
【DTP】
株式会社ビーワークス
【フォーマット・デザイン】
日下潤一

ISBN978-4-575-51945-7 C0193
Printed in Japan